Best Time

白 马 时 光

顾西爵 ————— 著

时光
有你
／
记忆
成花

百花洲文艺出版社

时 光 有 你 ， 记 忆 成 花

目录

Contents

蔚迟 & 赵莫离
WEICHI & ZHAOMOLI

唐小年 & 夏初
TAGNXIAONIAN & XIACHU

李若非 & 白晓
LIRUOFEI & BAIXIAO

唐云深 & 张起月
TANGYUNSHEN & ZHANGQIYUE

第一章
单纯年代

[01]

1

春末夏初的傍晚，稀薄的云停留在灰蒙蒙的天空中，徐徐微风吹过树梢，带着附近一家甜品店的甜腻味。

刚踏出上海S中的蔚迟，扭头看向那家叫"甜蜜蜜"的甜品店。他年纪已经不算小，却依旧喜欢吃甜食，但他最近在克制，因为有颗磨牙蛀了，在它不至于痛到影响他正常生活之前，他不打算去补牙。

蔚迟拎着装相机的摄像包，灰蓝色的帆布已经被磨得有点起毛。他今天是来给S中的高三学生拍毕业照的。他拿下鸭舌帽走到车边，把摄像包放进后座，然后上了车。后视镜里倒映出一张温润却神情淡漠的脸。

赵莫离从"甜蜜蜜"走出来，S中外面的路，除去上下学时段一向冷清，她放眼望去便只看到一辆白色车子开远。

前天她刚回到这里时，看到三年未见的家乡没什么变化，但看着出租车的车窗上倒映出来的自己的脸，却已不如从前青春明媚，内心多少有点沧桑感。

赵莫离走到路边，一阵风来，卷起路面上的尘土和枯叶，一张相片被吹到了她前方。她眯眼一看，似曾相识——照片中的人，正是青春明媚的她，还有，靠着她肩膀的漂亮女孩。

2

年轻的少女看着窗明几净的门面，门上方的墙上挂着黑底白字的牌匾：时光。

这是一家照相馆，或者用现在时尚点的说法，叫工作室。少女从玻璃里望进去，里面有吧台，有张双人沙发、藤椅，有书架，墙边还摆着一把吉他，以及点缀得恰到好处的绿植。

少女推门进去，"请问，有人在吗？"

没有回响。

她放眼四下搜寻，看到书架旁边的屏风后方坐着个人，那里光线昏暗，她只看到一点侧影——是个有点年纪的妇女，垂着头，像是在睡觉。

少女下意识放低了声音："你好，我想拍照。"

那妇人依旧没动，少女慢慢走向她，发现她睁着眼，正一动不动地盯着地面。少女被吓了一跳，随即她听到妇人冷漠不耐地回答："等着，我去叫。"说着起身进了里屋。

少女退回到明亮的地方，心里不免有些嘀咕，明明没睡干吗装没听到呢，态度还那么差。

少女——夏初站在吧台边，看着那把刚好被阳光照着的吉他，不由发起了呆，直到她听到一道清润的声音："要拍照吗？"夏初这才扭头看去，竟然就是前两天去学校给他们拍照的，被不少女生说帅的摄影师——

此刻他穿着一身浅色宽松的休闲服，眉眼无波淡然。手上拿着一台黑色相机，相机上挂着一根鲜红色的防摔绳——显得有些违和，不管是跟相机，还是跟拿相机的人。

"啊，对，白底的两寸照。"

"向姐，麻烦你去开下摄影棚的灯。"蔚迟朝妇人说，夏初就看着那妇人很有效率地打开了隔壁的房门，进去开了灯。

"跟我进来吧。"

夏初跟着进到摄影棚，蔚迟让她坐在灯光打着的凳子上。

"人再坐正一些。"他话说得都很简洁。

夏初挺直了腰板，然后看着他退到合适的距离。等拍完照，他抬起头，眉心紧皱着。夏初心里不由一咯噔，"是我闭眼睛了吗？"

"没有。你拍照来做什么？"他问。

问题有些莫名，但夏初下意识就回了他："去旅游，高考完，爸妈要带我出国旅游。"

蔚迟沉默了会儿，拿着相机走出了摄影棚。

他每天都在拍照，有时拍得多，有时少，看着镜头里形形色色的人，老迈的、年轻的、男的、女的，在他的眼里，几乎没有差别——他们的生活，在未来的一年里，日出而作日落而息，日复一日，相差无几。

他已经很久没有看到过死亡了。

而眼下，这个打算跟父母去旅游的少女——熬夜，考试，最后，她，还有她的家人坐的汽车冲下高速公路。

"请问，照片现在能拿到吗？还是要过几天再来拿？"夏初跟着蔚迟小声问。

此时，向姐进了摄影棚去关灯。

"你叫什么名字？"

"夏初……"

"几岁了？"

"这个……"夏初犹豫，毕竟这个问题很突兀。

向姐从摄影棚出来，关上门说："老板，我去做饭了。"

"嗯。"

蔚迟刚好站在阳光处，若有所思。夏初看着他，脑子里莫名地跳出来一句曾背到过的课文"遗世独立，羽化而登仙"。

"马上能拿到。"

夏初慢半拍才反应过来，他是回了她之前问的问题。等她拿着照片，在骑上自行车前，又回头望了眼照相馆。

"总觉得这个摄影师有点怪，虽然人很帅……"她骑着崭新的自行车，迎风回家，嘴里碎碎念着，"哎呀，怪也好帅也好，都不关我的事，我只求高考顺利，然后……"她想到什么，神情带着点憧憬，以及不确定的迷茫。

3

一周前。

傍晚上海下起了雨，扫去了刚入夏的热气。

夏初站在一棵大树下，枝叶茂盛，层层叠叠，却还是被淋了个半湿，她庆幸此刻的雨已没有先前大，也庆幸自己的皮质背包防水，里面的书无碍。

她抹去脸上的雨水，还有泪水。

高挑的少年撑着伞站在学校后面的车棚边，雨水似线般从棚顶的凹槽里落到伞上。

他透过铁栏围墙望着马路对面的夏初，那处的公交站只有站牌。他暗骂她傻，后面有一家水果店，却不去躲。

"唐小年，你站这儿干吗呢？"有同学顶着雨衣跑过来，看了下车棚里自己的车，又看了下雨势，"这么大的雨，穿雨衣也会被淋湿。唉，今天还是坐公交回家算了。"

那同学见唐小年不理他，有些好奇地随着他的视线望去，"那不是夏初吗？忘带伞了啊。住校生，你作为她朋友，不见义勇为、舍身求仁一下把自己伞借给她回家吗？"

"不关你事，赶紧走你的。"唐小年不客气地说。

那同学似乎完全习惯了唐小年的脾气，"两人闹别扭了？行，反正我也要坐公交，而且正好还是坐的同一班车，那就让我去当英雄吧。"说着抖了下自己的雨衣，"喂，你真的不把伞借给夏同学，以及我吗？"

同学见唐小年不动，失望地正要走，却被唐小年拉住了手臂。

"别说是我的。"唐小年把伞给了同学。

"我是班长，我办事你放心。"

唐小年露出了点笑容，他长得俊朗，一笑就看起来很阳光，前一刻的严肃冷漠似不存在过，"那就少废话，麻利地滚过去。"

"Yes sir！"

夏初低着头抹去眼泪上了公交车。

"我擦，7路车，等等我！我擦！别走啊！"走到半路的班长眼睁睁看着车子开走，随后回头朝唐小年喊，"伞我明天给你啊。"说完飞也似的跑向公交站。

被雨打湿了的唐小年一脸不痛快。

唐小年这人，长得好，学习好，讲义气，朋友也多，要说缺点，那就是脾气有点急。

夏初回想起跟他的第一次见面——高一时，两人还未同班。那天放学，她去车棚拿车，却发现链子掉了。他大概是要去小卖部买东西，刚好经过那里，就过来帮她修。她有点紧张，一时无言。结果他修了半天修不好，便气愤地踹了一脚她的车，最终，她骑了三年多的车彻底报废了——前轮胎被踹掉了。

她当然也不好意思要他赔，干笑着说："我这车，是破得可以换了。"

"这一百，你先拿着。"他从裤袋里拿出了一张一百塞给她，"少的，改天再给你。我是高一（3）班的，唐小年。"

"不用不用。"

"你拿着。"

"真的不用……"

"唐小年，那你就以身抵债嘛。"那时经过的一个同学朝他们嚷了一句。

唐小年直接回过去："闭嘴。"

而她红着脸不知道该说什么。

后来分文理班，他们分到了一起，甚至座位也被安排到了前后桌，他们交流虽不算多，但关系不错。

她知道了他喜欢吃偏辣的食物，喜欢的漫画英雄人物是蝙蝠侠布鲁斯·韦恩，知道他有点洁癖，知道他会弹吉他，也知道了他爱下围棋……

越知道，夏初越觉得糟糕……她总是要很努力才能按捺住自己的小心思，不让自己胡思乱想，至少在考进大学之前。

然而最近，她明显感觉到了他态度的冷淡。

前两天，她想找他聊聊，却不小心打破了他放在桌边的玻璃水瓶，他很凶地骂了她一句"能不老笨手笨脚的吗"，她手足无措，直到她同桌把她拉走。

同桌劝她："唐小年就这脾气，你别在意，以后少理他就是了。"

她看着自己被玻璃划破的食指，愣愣地出神。

今天，在走廊上遇到跟她关系不错的男同学陆家辰。两人高一时同班过，他们平时碰到都会打招呼，如今高考在即，便多聊了一会儿。聊到高考完后，有意向要报的大学，如果成绩不相上下，将来还可以做同学；也说到各自的老师，陆家辰说她班的数学老师教学水平名声在外，她便主动去拿了自己的数学笔记本要借给他，结果却被人用球打落到了栏杆外。她慌忙往楼下望，她的笔记本已被雨水打湿透。而肇事者——唐小年坐在教室的最后座，正对着她所站的位置，云淡风轻地说了声"手误"。

手误？夏初不信！她快步走到唐小年面前，直直地盯着他，"你故意的。"

"那就当我是故意的吧。"

"为什么？"

"你不是说，没考上大学，不谈恋爱吗？我这是在提醒你。"

他竟然以为她跟陆家辰是在谈恋爱？夏初正要否认，就看他快快地趴回了桌上，一副不想再多说一句话的样子。

"夏初。"陆家辰已跑下楼把笔记本捡回来。夏初看着头发有些湿润的陆家辰，她道了谢，接过面目全非的笔记本，再扭头看唐小年时，她眼眶泛着红。

公交车在雨里前行，夏初一想到自己那本"数学备战宝典"被水泡成了糨糊，就是一阵心痛，眼泪又忍不住要滑下来了。

边上的阿姨碰了碰她肩，问她："小姑娘，为什么哭呀？"

夏初抹去眼泪说："因为心里下雨了，但是没关系，不经历风雨怎么见彩虹，是吧，阿姨？！"

4

唐小年看着骑着新自行车离开了照相馆的夏初，他犹豫了下，走进了照相馆。

蔚迟坐在沙发上，正拿着麂皮默默擦着相机镜头，听到开门声，望向门口。

"拍照？"

"嗯。"唐小年的声音有些哑，"老板，我想问下，遗照，要几寸的？"

蔚迟有些不解地看了眼这个穿着蓝白相间校服、面带笑容的男生，说道："放在墓碑上面的，一般用1寸或2寸，放在灵堂的是12寸、14寸。"

"哦，那我1寸、2寸、12寸、14寸的照片各要一张。"

蔚迟站起身，说："好。"因为向姐下午请假不在，他去摄影棚开了灯。他向来不怎么跟客人攀谈，更别说探问对方，除非情况特殊，比如之前那个女生。

唐小年走进摄影棚，指了指灯光下的方凳，"坐那儿是吧？"

"嗯。"

唐小年三两步走了过去，一坐下，他就脱去了外面的校服，里头是一件纯白色的T恤衫，他把校服随手扔在了脚边。

蔚迟正要低头拍摄，唐小年又突然开口说："老板，你能不能告诉我，刚才来拍照的女孩子，她之后的一年是怎样的？"

蔚迟抬起头，"你说什么？"

唐小年露出一口白牙，"你不是能看到吗？她的未来？"

"你怎么知道，我能看到她的未来？"蔚迟语气如常。

唐小年倒有些意外了，他以为他的问题会被回避掉，或者直接指责他乱说什么。但是对方却没有，反而直接问了他是如何知道的，这算是承认了他能看到未来？这下换唐小年迟疑了，因为至今，他自己还半信半疑着——这世上真有人能看到未来？

"两三年前吧，我来你店里想拍照，店里没人，我就四处找了下，听到了你跟一个人在摄影棚里说的话。你叫对方不要去江边，否则会出事。那人说你胡说八道，你说你说的都属实。她会淹死，在这一年里。你说你看得到人一年内的未来，那女的直接骂你神经病。我当时也觉得你是，所以没拍照就走了。我刚走出来，就看到那个女的也骂骂咧咧地从你店里出来了。半年后，我看到报纸上报道了那个女的被人抢劫推下江淹死的新闻。这是碰巧，还是你真有预见能力？"

蔚迟不语，当时照相馆，除去客人，就他一个人，向姐是两年前招来的。没想到会被人无意听去，是他大意了。

"如果我真能预见，你想知道什么？"蔚迟顺手关了有些刺目的闪光灯，开了白炽灯，室内明显暗了许多。

唐小年的表情复杂，有些许不可思议，有些许喜悦，有些许悲凉。

他慢慢地说："她过得好吗？有考上想考的大学吗？有人陪在她身边吗？"

"没有。"蔚迟说，"她没有去读大学。"

唐小年吃惊，"什么？她没读大学？不可能。"夏初的成绩不差。

"她是你的同学？"蔚迟问。

“她不可能没读大学。”唐小年目不转睛地瞪着蔚迟。

“你为什么想知道她未来一年发生了什么？”蔚迟依旧问着自己的问题。

唐小年冷静下来，“你先回答我，她为什么没去读大学？”

蔚迟把相机放在墙边的柜子上，他靠着墙，默然了一会儿，说：“因为她发生了点意外。”

“所以，她复读了？”

“你想帮她避免意外吗？”

“怎么避免？”唐小年没有迟疑。

“等你们高考完，你再来找我吧。”

唐小年心想，高考完？那也就是说，夏初不是因为考试失误而导致没进大学的。那会是因为什么？

他看老板似乎没有再多说的意思，在他在意的事情上，他性子一向急，可现在急不来，他不得不勉强自己少安毋躁。

蔚迟拿起相机，重新去开了摄影灯，他走到唐小年的前方，在按下快门键后，他面露意外地抬头。

唐小年看着终于不再毫无表情的老板，他笑了笑，说：“至于我为什么想知道她未来一年发生了什么，我想你已经知道了吧。果然，你能预见未来。”

5

三年前（2013年冬），A市。

天空中一轮白日，蔚迟迎着风前行，昨夜下了一场大雪，使得本就难走的山路更加寸步难行。又走了百来米后，终于他看到了前方有一点模糊的红色。

他快步走近，发现了被雪埋了大半的相机，连着红色的绳子。

他打开相机，看到了蔚蓝拍的最后两张照片——他妹妹跟一个陌生女子的合影，以及那个女子的单独照。

6

蔚迟又梦到了如血火光，惊醒过来，他看了下手机，凌晨三点。

他知道自己这晚是再睡不着了，便起来去了书房，翻看放在桌上未读完的书。他的书架上摆满了天文、物理、心理、乱力鬼神、文学等各类书籍。

一如往常，蔚迟八点出门去照相馆，因为住处离照相馆不远，除非下雨，他都是步行。正打算去常吃的早餐店买早餐，就看到前方的小区里，开出一辆车，而副驾驶上坐着的人，他一眼就认了出来。他想要跑过去，路上连续疾驰而过的几辆车让他不得不止住了脚步。等他再看过去，那车已开到路口，拐弯消失不见。

赵莫离坐在副驾驶座上，对开车的韩镜说："第一天到大医院上班，有点紧张。"

"你连离家出走这么牛的事情都干得出来，还会紧张？"

莫离伤感地陈述："我这不是因为跟我亲爱的老爸三观不合，逼不得已而为之嘛。上幼儿园的时候，我妈带我去看四小天鹅，我见那白裙好看，要学跳舞，我爸偏不让，让我学钢琴；后来我想学画画，以后做动画，他也不让，说没前途。怎么就没前途了？我们中国动画一直在稳中求进，只要不放弃，总有一天能做出闪耀全世界的作品；再后来我想读医，他却死活要我学经济，我这次死犟着报了医；等我好不容易毕业了，打算医者仁心一番，他又发话让我回家结婚生子了。我不想要一段没有爱情的婚姻，更不想为不爱的人生孩子，我不想让自己这一生都过得无趣又可悲。我人生这盘棋我想自己下，就算最后没赢，至少中间我爽了。"

韩镜看了眼眉间透着英气和坚定的青梅竹马，莞尔道："我还以为这次你爸让你回来，你回来了，是打算当孝女了。"

"我哪有不孝？出门在外，看到有益于治疗高血压的养生品都买来寄给他老人家，他的寿礼我也一次没落，每年过年我也回来过。我敬重他，但不认同他某些观念；我孝顺，但不以舍弃自我为代价。"莫离可怜兮兮道，"我回来，只是想念这里的小笼包和酒酿圆子了。"

赵莫离到医院后，去肿瘤科报了到，科室主任带她认识了下同科室的同事，大家便各忙各了。

赵莫离在外三年多，前半年她在全国各地到处走，后来，她选了一座自己中意的小城市，租了间房，进了一家乙级医院上班。

如今虽然换了医院，但换汤不换药，赵莫离跟在前辈后面学习、做帮手，礼貌虚心，才一上午，她就跟同科室的同事们都友好建交了。

中午，跟赵莫离一起吃饭的女同事问她为什么要学医。

莫离想了想，说："责任。"

女同事说："伟大。我是因为小时候看的一部电视剧，叫《都是天使惹的祸》。后来长大了，那电视剧已经忘得七七八八，然而对做医生始终有份向往。"

莫离很文艺地说："外界只是在你心里留下一颗种子，结果，种子自己长成了树。这是我以前不知在哪里看到的一句话，形容你这种情形蛮贴切。"

"哈哈，是的。虽然做医生很苦很累，但救死扶伤的感觉还是很好的。"

莫离默默举起拇指，这位同事才是真伟大。

而莫离想到自己，她其实比较想做动画制作人。但因为在她读高中时，她妈妈的身体越来越不好，她才决定报医科。

结果还没等她大学毕业，她妈妈就走了。

下午，赵莫离跟着前辈查完房，正打算回办公室，就看到有个老人坐在走廊尽头，一脸迷茫。

她刚想过去问下情况，就看到一个男生拿着病例从主任的办公室里出来。莫离看他扶起了老人，因为他身高比老人高出许多，所以跟老人说话时，他微微弯着腰，低着头。

当他们走过她身边时，莫离听到那男生带着笑说："奶奶，我真没事儿。"

7

高考如期而至。六月七八号，天气晴朗，也不热，算是天公作美。

考完最后的英语，夏初走出考场，跟她同一考场的同桌也很快出来，走到她身边，"考得怎么样？"

夏初点头，"还行吧。你呢？"

"感觉还OK。"同桌挽住她的手臂，"终于解放了，夏初宝宝，走，咱们吃喝玩乐去！"

"等等。"在跟同桌聊的时候，夏初一直盯着隔壁的考场，没一会儿，她就看到走出来的唐小年。

此时人来人往，夏初跟同桌站在树下，随着唐小年越来越近，她的心也跳得越来越快，双手下意识地平摊在腹部前方上下移动，配合着深呼吸。

唐小年："练功？"

"……"夏初讷讷道，"你什么时候有空？我们约一天见面好吗？我有话跟你说。"

夏初的同桌一直觉得一厢情愿的夏初很傻，什么山不爬偏要爬这座难以预测的活火山。

唐小年盯着夏初看了一会儿，突然笑了，"好。今天我有事，过两天我约你。"然后他伸手摸了下她红红的脸颊，"你先跟朋友去玩吧。"

夏初傻愣愣地，半晌才回："哦。"

等唐小年一走，同桌无语道："他这是吃你豆腐吧，摸了你脸老半天。"

"胡说!"夏初恼羞道,"应该说是,我终于让他占我便宜了。"

同桌恨铁不成钢,"你可真给我长脸。"

她想过很多种跟他表达自己心意的方式,那句"我喜欢你"在她心里藏了好久好久,想等到一切时机都成熟,跟他说出来。

最糟糕不过是一厢情愿,但也是她情愿的。

8

唐小年再次走进照相馆,这次却只看到一个妇女在打扫卫生。

"老板呢?"

妇人抬头,"出门吃饭了。"

蔚迟最近连着几天都是到上次遇到那辆车的小区附近吃饭。回到店里时就看到唐小年坐在靠窗的沙发上,拨弹着吉他,流出缓慢而带着点忧伤的音调——《命运的深渊》。

唐小年看到进来的蔚迟,停下了弹奏。

"向姐,你今天先下班吧。"

向姐刚收拾完打扫工具,没多问,回了句"好的",就去里屋洗了下手，又到屏风后面拿了皮包就走了。

蔚迟到吧台处倒了两杯水，一黑一白的陶瓷杯，他把白色的放在了沙发前的小茶几上，然后他坐在了靠墙的藤椅上。

"高考考完了？"

唐小年扯了下嘴角。

蔚迟端起黑色的杯子喝了一口，客观地说了一句："你其实没必要浪费时间去高考。"

唐小年闭上眼想，明明才十八岁，他给人的感觉却格外早熟和果断，"但我更不想去医院里等死。我宁愿让我父母留下来的积蓄，交给养老院，让他们照顾好我奶奶。而且，我也想看看，如果我不生这该死的毛病，我是不是就能按照我设想的路走了……报她报的学校，告诉她我的想法，等毕业之后，我会努力地工作赚钱，照顾好她，还有奶奶。"唐小年说完，睁开眼，"老板，你的生活一定很有意思，看尽各种未来，就跟先知似的。是你的相机能看到未来，还是你自己本身？"

蔚迟没答，"这个重要吗？"

唐小年没再追问，"好吧，老板，那你能告诉我为什么她没去读大学了吗？"

"她死了。"蔚迟见唐小年震惊地站了起来，他继续说，

"她跟她的家人，开车出门，车子冲下了高速路。"

"你……简直胡扯！"唐小年愤怒得连声音都颤抖。

"高考完之后，她会跟她爸妈去旅游，我想他们出事故应该就是去旅游的那天。"

唐小年无法接受，他又跌坐回沙发上，久久才又开口："我不信。"

"那你何必来找我？"

唐小年咬牙切齿道："我去找她，跟她和她的家人说。"

"你觉得他们会信吗？"

唐小年想起那个淹死的女人，他摇头，"不会。"

"你不想让她死？"

"废话，当然不想！"对于蔚迟不带感情地陈述死亡，唐小年听得无比反感，他揉了下脸，克制住想爆发的脾气，"老板，你当年有尽力去挽救那个淹死的人吗？还是就那一次不痛不痒的提醒，然后等着她死？"

蔚迟有些疲惫地揉了下太阳穴，最近连着几天，他都没睡好，"现在，我们在说的是你的同学。"

唐小年苦笑，"她是我喜欢的人。"

"那就再好不过了。"

9

赵莫离不排斥医生这个职业，但她确实不太喜欢医院——几乎每天，都要面对死亡，或是还未发生但已确定的死亡。

她又想起多日前看到的那个带着奶奶的年轻人，今天无意中从主任口中得知，他得的是恶性肿瘤，并且不打算化疗。他的理由直接而现实，不想浪费钱。

韩镜把外卖的食物装进自家碗盘里后，进书房叫赵莫离吃饭，就见她坐在椅子上发呆。

"吃饭了。今天天气不错，吃完饭咱们再去江边走走。"韩镜见她不动，走近她，"想什么呢？"

"你还记得我十八岁是什么样子的吗？"

"十八岁？十年前啊。"韩镜回忆道，"你比现在年轻可爱，这是当然的。看漫画，看小说，爱玩，爱吃，爱黏着你妈妈。"

"无忧无虑？"

"嗯哼。"韩镜看到赵莫离的电脑边放着的一张照片，他拿起来看，"这是什么时候拍的？跟你合照的人是谁？"

"四年前，这女孩是我离开上海时在火车上遇到的。"这是最近另一件让莫离上心的事情，"她坐在我对面，人很开朗活泼，说话也很有意思，我们俩聊得很投缘。她说她叫蔚蓝，去A市玩，最后她还给我留了电话号码，然而那个电话，后来我打了好几次都没打通。我猜她手机可能掉了。我还以为这一面之缘就到那为止了，结果这次我刚回到上海就捡到了这张照片。你说，是不是很不可思议？"赵莫离说着，站起身，"要不吃完饭别去什么江边了，就到咱们母校S中逛逛吧？这张照片我是在那边捡到的，也许她常去那一带，说不定我跟她还能遇上。"

作为一所能追溯到民国的中学，校内树多叶茂，还保留着一些中西合璧的青瓦楼。一到傍晚，不少附近的居民就会到S中的操场散步。

赵莫离跟韩镜到了S中，两人进到S中后边逛边聊，当逛到图书馆前面的橱窗前，莫离看到里面陈列着照片。

她凑近去看，"今年这届的高三毕业照吗？"一看，果然照片上方印着"上海S中学2016届毕业留影"。

赵莫离扫过那些年轻的脸，竟然看到了那个男生，带着点笑，站在最后一排。

照片边上的黑板上，用红色的粉笔写着：不管成绩如何，你的人生道路还很长！愿你乘风破浪，展翅高飞，去创造美好而广阔的未来！

"碰到已确定的死亡，我们该怎么办？怎么做才是对的？"
莫离看向韩镜，眼中满是可惜。

蔚迟走在江边。

那一年，除去在A市的时间，他每天晚上都会抽出时间开车
到江边转一圈。他只知道那人是在天黑后被人抢了东西推下江
的，但不知道具体的时间，具体的地点。这种巡查希望渺茫，而
最终，他也确实没能救得了那个人。

蔚迟望向茫茫江面。而这次，他也无法确定，是不是真的能
改变结果。

10

夏初等了两天，结果唐小年一直没联系她，所以当这天她打
开家门，看到门口的人时，惊喜不已。

"你怎么会来？不对，你怎么知道我家在哪儿？"

"问班长的，他有联络地址。"

"哦。"夏初平复心绪后，小声问，"要进来坐吗？"

"不坐了，我是来'绑架'你的。"唐小年微微歪头，露出
一抹真诚的笑容。

"什么？"

唐小年叹了口气，"我也不想用强硬的手段，毕竟强扭的瓜不甜。那要不你跟我私奔吧？"

夏初虽然还听得云里雾里的，但脸上已经泛红。

"我明天要跟爸妈去旅游。小年，你等我回来好吗？等我回来，我去找你……"

"看来还是得绑架。"

"啊？"

唐小年抓住了夏初的胳膊，"你手机在身上吗？"

"嗯。"

"那就走吧。"

"等等，小年，你要带我去哪儿？好吧好吧，我跟你去，但是，八点前我得回来，否则爸妈……"

"夏小姐，你现在是被我绑架了，你什么时候能回家，我说了算。"

"……"

漫天的晚霞渐渐褪去了红火，变成了蓝灰。

唐小年抓着夏初的手，坐在公交车上。

脑子里回想起之前跟蔚迟的对话——

"你想怎么做来帮她？"

"我会带她去一个地方，然后通知她的父母，她是安全的，但是，暂时不会回家。但这并不能确保，她的父母就会取消这次行程——如果他们觉得她暂时的失踪不具危险，又不想浪费为这次旅行已经支付出去的钱，那么很有可能，他们还是会出事。是不是，老板？"

"也许吧。"

"呵……为什么这么离谱的事情，我竟然会信。总之，我会再联系他们，如果他们不取消行程，我就告诉他们，我带着她，永远不回来了。"

车子行到郊区，车上的人已经寥寥无几。夏初没坐过这路车，但她已完全顾不上这车会开去哪里，只注意着身边的人，想着，他们现在这样，算不算是两厢情愿了呢？

突然她听到小年轻笑了出来，她以为自己的内心戏被他看破了，脸色赧然，"你干吗笑？"

"我笑我自己。"唐小年侧头望着夏初，"我把现实过成了虚假，做戏倒做回了自己。"

夏初的手机响起，正是她妈妈打来的。

她有些慌张地接通："喂，妈？"

"你在哪儿呢？怎么不在家？"

夏初正头大得不知该怎么说明眼下的情况，手机便被身边的人接了过去。

"您好，阿姨，我叫唐小年，是夏初的同学，我带夏初出来玩两天。"

"啊？这怎么行？我们明天要带小初去旅游。你……你让小初听电话。"

"对不起。"唐小年说完，便直接挂断电话，关了机，然后他对夏初说，"你的手机暂时由我保管。"

夏初蒙了……

"我们真要在外面待两天？"

"嗯。"

"我妈肯定气疯了……她脾气可差了……我再跟她打电话说一下吧……不对，你开玩笑的吧，我们今晚会回去的吧……"夏初语无伦次地说。

唐小年捧住夏初的脸，两人四目相对，"今天，我跟你说的每一句话都是真的。"

"……"

"选我，还是选旅游？"唐小年认真地问，"夏初，回答我。"

"你。"

"真乖。"唐小年揉了下夏初的头发，"斯德哥尔摩综合征患者。"

"……"

天边的光越来越淡，唐小年拉着夏初走在小镇的街上。

小镇叫鹭镇，沿河而建，由一条主街和若干巷陌组成。建筑普遍古旧，树木参天。

傍晚，两人在主街的夜市上吃了点东西，随后找了家看起来较新的旅馆入住。

在进到房间前，夏初脑洞大开，满面通红。

结果一进房间，唐小年就去卫生间洗漱了下，然后挑了靠门的那张床躺下了，并对她说："早点休息，明天带你走走。"

夏初深深唾弃自己：小小年纪，心术不正。

"还记得那次我帮你修车吗？"唐小年睁开眼，回望着夏初，轻声说，"我想帮你修好的，无奈技术不够好，没弄好，我气恼自己没用，一急还把你的车踢坏了。

"你以后，走路就别看书了，摔过跤了还学不乖。买吃的东西得看生产期。碎玻璃别用手捡。聪明点机灵点，少让自己受罪，也让我心里舒服点。

"我记得你，是高一的运动会，你参加1800米的跑步，跑到终点，晕倒了。我听到扶你的同学说你了不起，因为没女生乐意参加这个项目，你才报了名。第一次参加运动会，第一次参加长跑比赛，得了铜牌。傻子一个。

"好了，睡吧。"

夏初被又骂又疑似表白的话弄得有些蒙，"哦。"

等夏初感觉唐小年睡着了，黑暗中，她还是开了自己的手机，给妈妈发了条短信，告诉她自己没事，请她别担心，让她明天跟爸爸两人安心去旅游。

发完后就又关了手机，她暗暗发誓，回头一定好好给爸妈赔罪，这次让她任性一回。

夜里下起了雨，天蒙蒙亮，夏初就醒了。

唐小年从阳台上进来，手上拿着她的手机。

"醒了。"唐小年走到她床边坐下，靠过来，亲吻了下她的额头，"你妈妈说，让你好好跟我玩两天。她不会骂你。"

夏初为她妈妈的态度感到惊讶，也为这始料未及的吻。

"您好，阿姨，我叫唐小年，是夏初的同学。我在今年四月份，检查出恶性肿瘤，而且治愈概率微乎其微。我想在我生命最后的一段时间里，让夏初陪我两天，这算是我的遗愿之一。如果可以，我还希望你们能取消这趟旅游——如果不取消，那你们可能永远也见不到她了。"最后那句话，大概除了蔚迟和唐小年，任何人听了都会觉得没有逻辑可言、纯粹是不怀好意的恐吓。

所以夏母被气得不轻，"等小初回来，我非打她一顿不可。"说完看了眼还在整行李的老伴，"还整什么整！不去了！你女儿都跟人私奔了！"

蔚迟坐在车里，看着手表的指针指向九点半时，他终于看到从楼里出来的夏初的母亲。他在未来的画面里看到过，虽然不太清晰，但勉强可以认出。

他们手上没有拿着行李。

蔚迟松了口气，等看到夏初的母亲拎着一袋菜再度回来，他才重新发动车子离开。

雨停了，唐小年跟夏初走在镇上，夏初犹豫再三，最终大着胆去牵住了唐小年的手，唐小年任由她牵着。

夏初笑容灿烂地说："等回家后，我打算减肥了——少吃，夜跑。"

"夜跑很危险，你没看新闻吗？有人夜跑被杀了。"

"那我绕警察局跑。"夏初想，她家离警察局蛮近的。

"……"唐小年说，"你不胖，这样就很好了。"

"那我就不减了。"

"你放弃得还真快。"唐小年摇头。

夏初："那你的意思是说，我是真胖，真需要减肥咯？"

唐小年："……"

夏初嘿嘿笑，"我终于试了一次传说中的无理取闹。"说完，又吞吞吐吐、不自信地问，"小年，我们……我们是不是在交往了？"

唐小年轻声道："是。"

夏初觉得，她的人生圆满了。直到两天后她回到家，被她妈妈拿着鸡毛掸子追着打。

"小小年纪还学会跟人私奔了？啊？我平时怎么教你的？！"

夏初郁闷地想：唐小年骗她！说什么她妈妈不会骂她。又打又骂双管齐下才对吧！

"妈，我不都听你话了嘛，好好学习，认真考大学，高考完之前不早恋，不给你惹麻烦，我都做到了啊……"

"气死我了，你过来，你别跑！"

"妈，你明明是属兔子的，为什么比老虎还凶？"

坐在客厅喝茶看新闻的夏父幽幽说："因为你妈是流氓兔啊。"

"老爸，流氓兔是贱贱的，不是凶。"

夏母："小丫头片子，你说谁贱？！"

唐小年查了成绩，上了一本线。后一刻，夏初打来电话问他的分数，他说了，她高兴得不得了——他们总分竟然一模一样。他看着电脑屏幕上倒映出的自己的脸，充满了悲伤和不甘。

奶奶的房间里传来咳嗽声，他想着，这两天就去给奶奶办住养老院的手续。

另一边，赵莫离也正对着电脑屏幕，看着她拜托母校老师要到的唐小年的基本档案。

毫无疑问，这是一个优秀的男生，成绩优秀，短跑健将，几乎是德智体美劳都拔尖的学生。

让她意外的是，他小学的档案里，他父亲的名字和职业——唐牧朗，钢琴教师。

教过她三年钢琴的唐牧朗老师，她的恩师。

小时候她父母忙工作，这位敬业负责的老师陪她过过生日；在她生病时送过她去医院；在她跟同学闹矛盾，被陷害时，替她爸爸来学校，没有任何怀疑地站在了她这边，他说因为了解她，所以相信她的品行……她一直很感恩唐老师。后来老师在她上初中后生病过世了。

赵莫离是真没想到，这男生竟然是恩师的儿子。

她略一沉吟，便拿出手机打电话，电话一接通，她就讨好地说："大堂哥，是我，莫离，我想跟你申请笔捐款成不？"

那头的人直接说："跟你爸说去。"

赵莫离笑道："现在那啥不是你在管嘛。再说了，我不急着回去，还不是为了少气我爸几天，为了他老人家好嘛。"

"离离啊，你也太看不起你自己了。你爸别说是见到你，他想到你就来气啊。"

赵莫离："……"

11

夏初站在饭店门口，看着下了公交车，慢慢朝这边走来的唐小年。他穿着黑T恤和牛仔裤，头发被晚霞照出一层光晕。夏初直直看着，都舍不得眨眼。

夏初的同桌一脸鄙视地对她说："好色，肤浅。"

夏初不乐意地嘀咕道："你说我'好色'我没意见，但你说我'肤浅'，那我可不答应，这不光说我了，还说小年了。"

"你没救了。"同桌哭笑不得，然后率先走进了饭店，找到了他们班吃散伙饭的包厢。

唐小年走到夏初面前，"今天穿得很好看。"

穿着一身粉蓝连衣裙的夏初羞涩道："那必须的呀，这可是我压箱底的裙子了。等等，你的意思是说，只是衣服好看，人一般吗？"

唐小年双眼带笑，"人更好看。"

夏初红着脸夸他："你眼光真好。"说完去拉唐小年的手，发现他的手冰凉，"手怎么这么凉？不舒服吗？"

"没事。"

夏初忍不住把他的两只手合在自己手里焐了焐。

两人走进包厢的时候，大家看向他们，都发出怪叫声。

刚领头起哄的班长，又马上制止大家，"叫什么叫，大惊小怪的，没见过情侣吗？"

唐小年鄙视他，"就你事多。"倒也不反驳对方的话，他就是有点担心夏初会难为情。

结果他就听到夏初腼腆地说："果然好事传千里哪。"

夏初的同桌连连摇头，"嫁出去的女儿泼出去的水。"

饭中班长给唐小年倒满酒，说："兄弟，我们喝一杯，祝你学业、爱情双丰收。然后那啥，你到大学后记得多给我留意留意好姑娘，当然我自己也会物色，双管齐下，哥们儿我好快马加鞭追上你的节奏。"

夏初把小年的酒杯抢了过来，"我来我来。"他的手很凉，她担心他是真的不舒服。

班长看夏初喝了一大口啤酒，忍不住说："行，我敬你是条汉子。"

唐小年坐在边上看着夏初替他喝酒，一会儿又在桌下碰碰他的手，他心里那份不甘越来越浓烈，最后化成苦涩和苍凉。

这晚，夏初牵着唐小年去打车，她笑嘻嘻地说："我现在好想时间停止，因为这一刻，我觉得无比快乐和幸福。你呢？"

唐小年的声音在黑夜里轻声响起："我也是。"他又重复了一遍，"我也是。"

唐小年睁开眼的时候，发现自己躺在医院里。

随即看到蔚迟坐在边上的椅子上，正低头看手机。

"我怎么会在这里？"

蔚迟抬起头，"你来找我，晕倒了。"

"哦，对。"唐小年脸色苍白，说话声有点没力气，"我本来想问问你，我大概能活到什么时候，现在看来也不必问了。"

唐小年想到什么，似笑非笑地问："老板，我一直在想，你就不怕我把你的秘密说出去吗？"

"你觉得那种话有人会平白无故信你吗？"

唐小年心说，不会。

"她未来一年，不会出事，但似乎也过得不太好。"蔚迟道。

小年一愣，"没事就好。"

蔚迟没说的是，暂时的改变，对更远的未来来说，好与坏孰多孰少并不能确定。

唐小年又笑着问："老板，我要不要告诉她我病了？你说，这算仁慈还是残忍？"

"你自己的事，自己决定。"说完，蔚迟起身走向门口。

"真无情。"唐小年说，"老板，我们没什么交情，萍水相逢，你能这么帮我，我感谢你。我奶奶，她有点老年痴呆，她现在还不知道我生了病。我能请您再帮我一个忙吗？等我走后，帮我跟我奶奶说，我出国读书了，等我赚了大钱后回来孝敬她。"唐小年喃喃自语，"如果到那时候，奶奶的痴呆更严重了不记得我了，那是最好的。"

蔚迟打开门，"住院治疗吧，能多活几天是几天。"他说完走了出去。

　　刚随主任从手术室出来的赵莫离被小护士拉住，"赵医生，你上次让我调资料出来的那病人，唐小年，他现在就在我们医院了。"

　　赵莫离一喜，"哦？肯治疗了？跟他说，不用担心医药费。我会负责。"

　　护士惊讶，"为什么？你认识他吗？还有，你很有钱吗，赵医生？"

　　莫离高深莫测地说："我自己是没有，但是，会有人捐的。"

　　之后有同事叫走了赵莫离，小护士去给自己的枸杞红枣茶续水，就听到身后一道声音："你好。"

　　她回头，见是之前送唐小年来的男人——明明看起来是挺温和的一个人，语气却透着股冷淡疏离。

　　"呃，有什么事吗？"

　　蔚迟道："唐小年的医疗费用，我这边会负责，你就跟他说，是有人捐的。"

　　护士拿着保温杯走回来，想起刚赵医生跟她说的，脱口而出道："你跟赵医生认识啊？"

蔚迟："不认识。"

护士见他虽相貌堂堂，但衣着普通，手上的手机还是三四年前的款，忍不住多说了一句："那你是唐小年的什么人？这个数额并不小。"

"钱对于我来说，不过是数字。"

护士心说，见过炫富的，没见过这么客观平淡地炫富的。

蔚迟又问："你们牙科在哪儿？"

有颗牙齿隐隐作痛，他打算去配点止痛药吃。

上海L医院的门诊大楼西侧不远处，有一个凉亭，连着走廊通向停车场。这百来米的廊道爬满了紫藤花，一到春夏，就是一片紫色锦簇，不少医生喜欢饭后到这边走走。

此刻赵莫离正站在那儿跟几名一道吃了午饭的同事说着话。

他们说了些病人的事情，又聊了下八卦，赵莫离侧耳倾听，偶尔回一句，笑一下。

突然有个同事问："小赵，有男朋友了吗？"

"哦，没呢。"

"怎么还不找？"

"不急。"

赵莫离听到身后有脚步声，不知是谁那么着急，走那么快？

下一刻，有人抓住了她的手腕。

赵莫离偏头，对上了一双深黑的眼眸。

他说："我终于找到你了。"

赵莫离疑惑地看看眼前的男子，又看了一眼被他抓着的手，"先生，我认识你吗？"

蔚迟缓缓松开了手，过了一会儿他才开口，声音有些低哑："抱歉，你不认识我，但你跟蔚蓝合过影。"

他从手机里翻出一张蔚蓝的单人照片。

赵莫离立刻认了出来，"哦，对，我跟她合过影，我们有过一面之缘。她好吗？"

"我不知道。"

这时有风吹来，吹下几片紫色花瓣，有一片落在了赵莫离的肩膀上，蔚迟伸手替她拿了下来，然后他说了声"打扰了"，就面无表情地走了。

留下完全摸不着头脑的赵莫离，这人是不是想问她蔚蓝的事情？蔚蓝是不是出了什么事？但离开的时候，他的神情并无焦急，反而像是松了一口气？

赵莫离活了二十多年，第一次遇到接触不足两分钟，就让她充满疑惑的人。

有女同事开玩笑说："虽然我没看懂这剧情，但小赵啊，看你跟那帅哥站在紫藤花下，你一身白大褂，他白衬衣，画面还是很美的。"

赵莫离默然无语。

12

唐小年望着肿瘤科的主任，不可置信道："有人给我捐款？"

"你起初不治疗是因为钱的话，那现在可以不必为这个操心了。"主任转头跟边上的赵莫离说，"小赵，你跟他说下治疗方案以及术前的准备。"又对唐小年说，"我是你的主治医师，会尽力帮你。你安心治疗吧。"

等主任一走，唐小年又问："哪怕我接受治疗，也只是延缓我的死亡时间，不可能治愈的，不是吗？"

"你的情况完全治好的概率不大。"赵莫离如实说，"但哪怕只能多活一年，或只是一天，你也应该去试试，为了你在意的人。"

唐小年深呼吸了一次，苦笑道："那钱还不如捐给我奶奶，让她不至于过得太苦。"

赵莫离在心里叹了一声，说道："我母亲也是得的癌症，我一直很感谢她为我们彼此争取的每一分钟。"她点到即止，没有多说。

　　等赵莫离走后，唐小年按住了眼睛，也许他认为的仁慈，在关心他的人看来却是残忍。

　　而他毕竟年轻，面对逃不过的死亡，他装得再强大，也是怕的，怕里有对老天爷的愤怒，有对命运的不服气，更有对一些人一些事的难舍。

　　夏初拎着一袋水果慢慢走着，经过综合楼、门诊楼，后面就是住院部了。为了节省时间，她走的是小路，这段路她已经走得很熟了，路途紫藤老桩横斜，枝条上缀着果实，形如豆荚。再过去有几株高大的柿子树，此时已挂满累累青柿。枝叶背后掩映着住院部高耸的楼，灰色的墙上，嵌着一排排明晃晃的玻璃窗，色调总显得有些冰凉。

　　当她走到唐小年房间时，他正睡着，她轻悄悄地坐到他床边，看着他惨白的脸色，以及早已经剃光的头，眼睛又忍不住红了。

　　小年很快转醒，他一向睡得浅，很容易警醒。

　　"对不起，对不起，把你吵醒了。"夏初愧疚道，说着就好像自己真的做了很严重的错事似的掉下了眼泪。

　　唐小年伸出手，抓住她的，轻轻捏了下，轻声说："别哭。"

　　夏初却哭得更伤心了，"你就让我哭吧，反正不要钱的。"

　　高考后的暑假，都说是学生生涯最漫长的暑假，但对于夏初来说，却短得心惊。

　　夏天已经结束，秋天纯净的天空，像一望无际的海。

　　夏初再次来到养老院，她问了工作人员后，找到了在吃午饭的唐奶奶。

　　她坐到奶奶对面，笑着叫了一声："奶奶。"

　　老人狐疑地看向夏初，"你是谁？"然后像突然想到什么，"你是我孙儿小年吗？"

　　夏初没否认，她剪短了头发，穿着款式简单的浅蓝色汗衫和牛仔裤，看起来倒真像个清秀的男孩子。

　　老人仔细地打量她，"对，对，你是小年，你像阿朗……长得都白白净净的。"老人颤抖地抚摸夏初的脸颊，开心地露出笑，"你来看奶奶啦。"

　　"嗯。"

　　午后，阳光明媚，一老一小坐在养老院的院子里。

　　夏初看着碧蓝的天空中，缓缓飘动的白云。

她拉着奶奶的手，轻柔地说："奶奶，我下次带我喜欢的人来看你好吗？"

　　"哦。"老人笑得很高兴，"奶奶好像记得，以前你跟奶奶说过的……叫什么来着？哦，叫小初。"

第二章

不负时光与你（上）

[·02·]

1

三年前（2013年冬），A市。

蔚迟没想到，他刚从山上下来，就看到了照片里跟蔚蓝合影的人。

为免认错，他又拿出相机看了一下里面的照片。

当他再次抬起头时，他见有片枯叶轻悠悠地落在了她肩膀上。

然后他的手，下意识地按下了快门。

莫离把肩上的叶子拂去，闷头又咳了两声——由南来北，水土不服，到A市两个月，先是咽喉炎，现在又感冒。

她隐约感到有人走向她，扭头看去，便与那直直朝她走来的清俊男子四目相对。倚风行稍急，含雪语应寒，加上他一身黑跟周围的皑皑积雪形成的强烈对比，以及自己被过高的体温烧得有点头昏脑涨，以至于这人给莫离的第一印象竟有那么一点点惊心动魄的感觉。

蔚迟走到她面前，就将手上的相机递向她，"抱歉，你跟蔚蓝合过影。请问在此之后，你跟她还接触过吗？任何形式。"他说得并不急躁，但声音里带着点冷冽，不似针对她，仿佛是天生。

莫离看清楚相片就说："对，我跟她合过影，在火车上。"她摇了摇有些犯晕的脑袋，"你找蔚蓝吗？她怎么了？你是？"

"我是她兄长。"

"哦。"莫离心里略一比较，确实有点相像，"我跟蔚蓝在火车上认识，下火车后还没联系过。"她想起跟她相谈甚欢的蔚蓝——这次出行，她本来有些迷茫，情绪也低落，但跟蔚蓝一路聊下来，竟放松不少。

面前神情淡漠的男子透出点失望，随后说了声"谢谢"就走了。莫离感觉到脸上有凉意，以为是又下雪了，却发现是雨。她赶紧从包里拿出伞来撑，她可不想感冒加剧。她把手上刚从药店买的，已经用矿泉水送服了两粒的药放进包里。抬头见那道黑色背影走在雨中，他似乎完全不在意。

莫离只迟疑了一秒就追了上去，将伞向他移去一半，兴许是跑得急，她有些耳鸣目眩、站立不稳，下意识就抓住了他的手臂。

清透深邃的眼眸望着她，没有抽回手，但停住了脚步。

莫离道："蔚蓝的哥哥，我租的房子就在前面，你送我到公寓楼下，然后这伞你就拿去用吧。大冷天的，还是别淋雨了，免得生病。"她说完，自己克制不住地又咳了好几声，每咳一下，脑袋就涨疼一下。她咳完朝他一笑，包含着"可别跟我一样"的意思。

然后莫离看到蔚迟指了下侧前方不到三十米的酒店，说："我住这家。"

"……"莫离道，"当我没说。"

结果却听到蔚迟说："我送你过去。"

莫离觉得自己挺奇怪的，她小时候是很黏人，但自从过了二十岁之后，就很独立了，考虑得多，自我管理得特别到位。所以哪怕病着，也不会毫无防备心地任由初相识的人送她进住处。

后来她想，大概是他身上带着的清甜味道，让她莫名地感到安心，外加药效，导致她一到家，就倒床昏睡了过去。

她不知道自己一直抓着对方的手没放。

蔚迟站在床前，因为之前她语气里透出的对蔚蓝的关心，以及他感觉到她很不舒服，他才说了那句话，送她回家。

他想抽回手，却被拽得更紧了些。蔚迟没办法，只能暂时站在边上看着她。

莫离因为身体不舒服，睫毛轻轻颤动。

过了许久，莫离才松开手。蔚迟看了眼自己被握得温热的手，随后离开了莫离的住处。

隔天雨夹雪，依旧天寒地冻，然而莫离却发现自己的烧退了，虽然扁桃体依旧疼。

然后她想起昨天的经历，蔚蓝的哥哥找她问蔚蓝的事，他送了她回来。

她又想到反正自己周末没事，如果蔚蓝真失踪了，她想去帮忙找。

所以莫离吃完早饭就来到了蔚迟住的酒店，她没去问前台，想去敲他房门，毕竟他没叫她帮忙，是她私自决定。虽出于好意，但根深蒂固的教养让她觉得不请自来不太礼貌。于是她坐在酒店大厅里等他出现，她这一等，便从早上七点半等到了下午一点，等得莫离饥肠辘辘，头脑发晕又想睡觉。

当蔚迟迎风踏雪从外面进来，就看到莫离坐在大厅的沙发上，头一点一点如小鸡啄米。

他看了一会儿，朝她走去。

"找我有事？"

莫离听到声音仰起头，终于看到了自己久等的人，不禁露齿笑道："是。"她看到他发上有雪花，"你从外面来？"

"嗯。"

她七点多就到了，没想到他出去得那么早。

"如果你是在找蔚蓝，又不嫌我碍事，下午我跟你一起去找吧？"

蔚迟一直静静地看着她，从她犯困地等着，到欣喜，到忧虑，"不用。"

"我反正闲着。"

"你用处不大。"

"……"

莫离隐隐觉得，这人不但冷漠，嘴巴还有点毒。

虽然被"歧视"了，但莫离又想，他大概是因为妹妹不见，心情不好，所以才这样的态度。而赵莫离也不是会被一句话轻易击退的人。

她看着蔚迟走向酒店的西餐厅，也跟了进去，并坐在了他的隔壁桌，翻看菜单时，她听到他跟服务员点餐："一杯红茶，一份慕斯。"

莫离不由扭头看去，不吃主食就吃甜品？跟那长相委实不太搭。

蔚迟的知觉似乎很敏锐，两人四目相对，莫离习惯性地礼貌一笑，然后转开了头。

两人吃完饭，一前一后走出餐厅，莫离诚心道："蔚先生，我只是想尽一点力。"

"随你。"蔚迟的语气一如既往。

莫离心中一喜，又试探性地问："蔚先生，你妹妹失踪多久了？"

"没多久。"

这说辞太含糊了，"从昨天到现在，有二十四小时了，你报警了吗？"

"她没事，她只是不见了。"

"你怎么就确定她没事呢？"莫离越听越糊涂了。

蔚迟说："她用A市的座机给我打过电话。"

莫离无言了一会儿，她思维转得很快，"也就是说，蔚蓝是故意躲起来的？她是遇到了什么不想面对的麻烦吗？那把她的麻烦解决掉不就行了。"

　　蔚迟好像有点意外于莫离的话，然后说："她现在的麻烦，应该就是我。"

　　莫离："……"

　　她想到自己的处境，心有戚戚地问："恕我冒昧，容我猜猜，难不成是你们家里逼婚，蔚先生你长兄如父，负责来抓她回去的？"

　　一直面色不变看着前方的蔚迟又忍不住看了她一眼，"不是。"

　　莫离相信蔚迟说的话，她也说不上来为什么，但她也知道，他对她有所隐瞒。但这毕竟是他的家事，她只是出于对一见如故的蔚蓝的关心而提出的帮忙，出于尊重，她没有打破砂锅问到底。

　　而不管是什么原因导致蔚蓝"失踪"，一个女生在外面总不安全，还是得尽快把人找到。

　　"蔚先生，我突然想起来，蔚蓝曾在跟我聊天时说到过，她想去雪山上看日出，去听音乐会，看烟花，去城市最热闹的地方逛街……这些算不算线索？"

蔚迟没回答。等两人上了出租车，他便跟司机说去市中心的广场。

莫离心说，这位蔚先生冷淡是冷淡了点，但还是挺乐意听取别人话的嘛。

过几天就是圣诞节了，所以哪怕天冷，立着两层楼高的圣诞树的广场上依然人来人往，喜庆又热闹。

莫离跟着蔚迟正走着，迎面过来一个手上拎了一篮玫瑰花的小女孩，"哥哥，给女朋友买一朵花呗，只要十块。"

"我们不是情侣。"莫离回道，见那女孩子冻红的脸又补充，"不过我可以买一朵。"

莫离拿到花就折去了一半的花茎，把花插入了蔚迟胸口的口袋里，"送给你。"

蔚迟不解，"为什么？"

没什么，就是心痒想逗逗你这个看起来一本正经、凛然正派的人，"很配你啊。"就跟雪上滴上一滴红颜料似的。

"对了，蔚先生，我还没跟你说过我的名字吧，我叫赵莫离。"

"嗯。"

"而我只知道你姓蔚——"

"蔚迟。"

"迟到的迟？"

"嗯。"

"我是不离不弃的离。"

这半天最终没有收获——除了蔚迟的房里多了一朵花。

隔天莫离要上班，下班后她再次来到了蔚迟住的酒店，想问问有没有蔚蓝的消息。

这次她运气不错，一进去就看到蔚迟从电梯里走出来。

她刚走上去，身后有人带着意外和兴奋叫了一声："蔚先生？真是巧了，竟然在这儿又碰上你了。"男人大踏步走到蔚迟身边，随后看到莫离，"哎呀，这是你女朋友？郎才女貌啊。"

两天之内被误会了两次，莫离也觉得有点好笑，便笑着回了句："我俩明显都是才貌双全的主儿呀。"

蔚迟看了她一眼，没说什么。

男人连连点头，"对对，哈哈。"他随后吩咐晚他一步拖着行李进来的助理去办理住房手续，他要跟蔚迟再聊聊，"蔚先生，之前在上海，多亏了你，否则我小孩就……那天我还没能好好谢谢你，你就走了，结果，嘿，我来A市出差就又遇上了，不得不说咱们有缘，你可一定得让我请你吃顿饭。"

"我还有事。"蔚迟说。

"饭都要吃啊。"

蔚迟想了想，"倒也是。"

"我看到酒店外面就有一家挺大的餐馆。走走走，美女，走吧！"

莫离琢磨着，这时候再说自己跟蔚迟没关系，好像有点怪，索性直接说："谢谢，我就不去了。"

然而那男人实在热情，直接手掌隔空推着她背把她招呼出了酒店。莫离朝蔚迟看去，想他帮着说句话，结果他看都没看她。

三个人就这样在一家东北菜馆落了座。

莫离忙碌了一天，也确实饿了，便不再纠结自己这靠不正当关系蹭饭的行为是否应当。

她想到蔚蓝，下意识凑近旁边的蔚迟小声问："蔚蓝有消息吗？"

她离他很近，能看到他垂着的长长的睫毛。

"没。"他说的时候，抬眼朝她看来，星眸微转，让莫离没来由地想到了一句诗"桃之夭夭，灼灼其华"。然后她听到请他们吃饭的豪爽男人说："你们结婚了没啊？"

"咳。"莫离咳了出来，坐直了身子说，"其实我们没关系。"

男人显然不信，"哈哈，你们俩这么般配，不处对象多可惜。"

莫离看向蔚迟，她插科打诨应了之前那句"郎才女貌"，他无动于衷，她说他们没关系，他也无动于衷。莫离忍不住饶有趣味地问："蔚先生，要不我们顺应民心，处处看？"

蔚迟微微愣了下，看得莫离心一动，怎么说呢？总算在那张仿佛看破世事的脸上看到了不一样的神情，很有成就感。

由此，赵莫离发现了一件让她心动的事，那就是撩拨一脸清心寡欲的蔚先生。她从没看到他笑过。

所以此后的一小段日子里，莫离只要碰到蔚迟，总情不自禁地逗他——

她见蔚迟总是穿得很少，他好像不怕冷似的，她便买了条白色围巾送他，"蔚先生，虽然你经常穿深色的衣服，但我觉得白色更配你。好了，我去上班了。哦，对了，你不想要我的围巾，又不想让我难堪的表情我很喜欢。拜拜！"

"蔚先生，过两天元旦，海边有烟火大会，蔚蓝说喜欢看烟花，不知道她会不会去。"

"你的手怎么了？"

"哦，有亲属到医院里来闹，不小心被人打到了，不严重。蔚先生，你这表情是关心吗？"

"蔚先生，你觉不觉得我们俩的名字很配呢？你不迟到，我不离开，我们总会遇到。"

莫离对蔚迟的态度一直很"好"，直到她连着三次在下班时看到他坐在他所住酒店的一楼西餐厅吃饭，她怒了。

这家餐厅她吃过，东西不好吃不说，还贵。他还真是不挑。

所以在她又一次看到他坐在那儿点餐时，她跑了进去，一脸严肃道："蔚先生，介不介意跟我去吃别的？"

蔚迟放下手中菜单，看着她，说："不介意。"

本来还以为要花费一番口舌才能说动他的莫离意外了下，眨巴了两下眼。

虽然她时不时撩拨他，但可从来没得到过正面回应。

"走吧。"蔚迟先行走了出去。

之后，在一家古色古香的餐厅里，莫离点了几道特色菜后，又问起蔚蓝。

"不用找了。"

"为什么？"莫离一时怔住，"是找到了吗？"

"她回家了。"

"回家？回上海了？"

莫离松了一口气的同时，又想到，既然蔚迟找到了蔚蓝，是不是表示他也要走了？

莫离见蔚迟替她把面前的茶杯斟满茶，绿色的茶叶在杯中旋转，浮上浮下，就好像她的心情。

她笑容真切地看着对面的人，说："蔚先生，我好像喜欢上你了。"

这是她这几天领悟出来的，看到他心喜，见不到心急，也说不清是哪一天哪一刻怦然心动的。也许是两人走在路上，他替她挡住冷风时，也许只是他安静地任由她"调戏"时，也许，只是因为是他……

而蔚迟似乎并不讨厌她。

在他说话前，她起身凑过去轻轻吻了他一下，豁出去般的心情。吻后心口如小鹿乱撞，毕竟这种行径她是第一次做，性格再自由洒脱，也难免局促不安，结果就见蔚迟僵住了身体，似乎，似乎比她更茫然怔忡……

莫离突然就不那么紧张了。

这蔚先生比她还"单纯"，她眉语目笑，内心软软地再一次说："蔚先生，我喜欢你。"

蔚迟的眼眸里倒映出她的脸庞，带着一点异样的波动。

莫离心想，他哪怕现在不喜欢自己，她可以慢慢追，时间不是问题，她很有耐心，距离自然也不是问题。只要他给机会，她蓬莱仕女勤劳动，美好生活不是梦。

然而她想不到的是，她根本没有那么多的时间，就在隔天，所有憧憬在意外降临时被无情撕裂，只剩下满目如血火光，以及手里握着的想要送他的新年礼物。

2013年冬，A市。

蔚迟看着前方——他见有片枯叶轻悠悠地落在了她肩膀上。

他又低头看着自己刚才拍下的这一幕。在按下快门的刹那，一幕幕未来的画面向他涌来，几乎将他淹没窒息，就像那些事，他如真实经历了一般。

蔚迟抬手按着微微抽疼的太阳穴，他没想到，在这里，会看到有他参与的未来。

莫离手上拿着一袋感冒药，穿着浅蓝色的呢大衣，亭亭玉立似覆雪寒梅。

蔚迟见她拂去了肩膀上的落叶，又闷咳了两声。

他朝她走去，然后从她身边错身而过，越行越远。

之后每年，他都会寻时间到A市一趟，去看她一次，知道她没有意外便离开了。

直到第三年，他去A市发现她不在了。他去她常去的地方寻找却毫无所获，问她曾经的同事才知道，她回上海了。他又回到上海，发现她没有回家，他四处寻找，终于有一天，他在医院看到她站在紫藤花下与人说话，言笑晏晏。

他冲过去抓住她的手的时候，才意识到，不该这样，他便只能搬出蔚蓝的事以作掩盖。

2

2016年秋。

莫离这几天忙得昏天暗地、昏头昏脑，下了班又接到韩镜的电话，让她回家前去超市买点食材，结果结账时发现自己钱包落医院了。

她尴尬地问收银员："可以支付宝付款吗？"

收银小哥摇头，"没有支付宝。"

"你们要紧跟潮流啊。"莫离苦笑着说，"要不这样，麻烦你帮我付一下，我支付宝转给你可以吗？"

"我钱包在休息室里呢，没带在身上。"小哥爱莫能助。

莫离看着自己花了半天才搞定的两大袋东西，正为难着，就见到了一道眼熟的身影——不远处刚从一排饮料货架前走过的蔚迟，她如获救星，"嗨！"

蔚迟抬头，见是她，下意识就皱起了眉。

而莫离已经快速走向他，不好意思道："我们上次在医院见过面。"

"嗯。"

对方的态度着实冷淡，但是莫离身处难处，只能硬着头皮说："你能借我两百元吗？我……"

"不好意思。"蔚迟说着就走开了，被打击到的莫离愣在原地，他似乎很不想跟她多待。当然，也有可能是自己的行为像诈骗，而他防范心强罢了。

莫离再次遇到蔚迟，是在一家餐厅里。她起先并没发现蔚迟，一门心思跟一起吃晚饭的韩镜聊着天。

"我昨天给我爸打电话了，本来想跟他说我过两天就回家了，结果又聊到结婚生子的事，又是不欢而散。"

韩镜："你爸是怕他好不容易打下来的江山没子孙后代继承吧？我也能理解他，毕竟你不小了嘛。"

莫离哭丧着脸，"我也理解，但我真的没法妥协。他介绍的人我都试着交流过，只能说做朋友可以，做爱人不行。唉，婚姻本该是锦上添花的事，而不是雪上加霜。"

两人又闲聊了两句，韩镜忽然想到什么，又问："你恩师的儿子，情况如何了？"

"预后只能说不算太差，三年后的生存概率大概是一成，但一成也是希望。"莫离不无惆怅地说，"好在一直有人陪在他身边，但这唯一的幸运，也让人无比心酸。年少恋爱，不该那么沉重的。"

此刻就坐在他们边上一桌，相隔三四米的蔚迟微微皱着眉头。他听力好，他们的对话他都听得很清楚。

蔚迟对面的男人笑着说："蔚迟，我说真的，开照相馆实在太埋没你了，考虑一下，到我公司来大展宏图吧，也当是帮帮我。"

蔚迟："不好意思，卢飞，我没有兴趣。"

"赚钱讲什么兴趣啊。"

"我对钱也没兴趣。"

卢飞无语道："你怎么总是一副看透红尘的样子啊。"

这时起身去洗手间的赵莫离没注意自己一只鞋的鞋带开了，在经过蔚迟身旁时，差点摔倒。后者眼疾手快抓住了她的手臂，避免了一场意外。

等莫离站稳，心有余悸地看清是谁救了她后，脸上下意识露出一抹笑容，"又见面了。"然后她道了声谢，蹲下去系鞋带。蔚迟垂着眼睑看她，不太明亮的光线下，他眸中微动。

而莫离系完鞋带就走了。

卢飞见蔚迟低头喝茶，又看了眼赵莫离消失的方向，他不可思议之余，热忱道："我跟你认识，有三年了吧？我俩差不多年纪，我小孩都上小班了，你也可以加把劲了。"他想起当年，还是蔚迟救了他差点被车撞的宝贝女儿。而这些年接触下来，卢飞对于蔚迟的博学很是佩服，他觉得他这朋友什么都好，就是太不会享受生活了，日子过得苦行僧似的，单调又乏味，自然也没见他跟人谈过感情。

"我没有跟人结婚的打算。"

"那你活得得多孤单啊。"卢飞扯了几句结婚的好处，什么有人做饭、生病了有人陪在身边等，随后又说，"刚才那位美女就不错，你有才人家有貌……"

蔚迟道："人家有伴。"意指韩镜，也想话题就此为止。

正好走回来的莫离听到了他们最后的两句对话，不知怎么就插话说道："我俩明显都是才貌双全的主儿呀。"

两人扭头看她，她大方地指出："背后评论人，可不绅士。"

蔚迟："抱歉，无意冒犯。"

卢飞却嬉皮笑脸道："我们在说美女，你怎么就知道我们说的是你呢？"

莫离无所谓地耸了下肩，"那就当我'自作多情'了吧。"然后她看向蔚迟，犹豫着问，"不知道你跟蔚蓝是什么关系？我以前一直想联系她，但始终联系不上。"

"她是我妹妹。"

本来她还以为是爱人之类的，"哦，她好吗？"

"回家乡了。"

"哦。"原来他家乡不是这里的啊。不过得到了答案，莫离也没再多问，道了句"两位慢用"就闪人了。

等莫离坐回位子上，韩镜就问："谁啊？认识的？"

"不算认识，那位穿毛衣的先生，我见过三面而已。"莫离说着，摇头笑了下，"他每次看到我，表情都不太好，不怎么乐意跟我说话的样子。"

韩镜挤对她，"哦？赵小姐，你不是一向很吃得开吗？上到六十岁大妈大爷，下到三岁奶娃都能聊得愉快。"

莫离戏答："所以啊，'失宠'的感觉还真不太好。"

3

秋天过去后，南方迎来了第一场雪，悠悠扬扬地下了两天。

唐小年走进照相馆，就见蔚迟在给植物擦叶子，不紧不慢地，好像时间用不完似的。

"老板，你这儿还招人吗？"治疗了半年的唐小年消瘦了许多。

蔚迟侧头看向他，"你把时间浪费在这里，不觉得可惜吗？"

"我也不知道。"唐小年老实说，"我现在不知道怎么用我这三年时间才不觉得可惜。夏初在这边读大学，我报的跟她是同一所，但是我已经落了半年课，学校知道我的情况，他们给我保留了名额，如果我明年想去上可以直接去。我奶奶在养老院，我随时都可以见到她们。其余时间，我想做点有意思的事情，好比给老板您打工'救人'。"

"那你应该去消防队。"

唐小年干笑了一声道："没想到老板你还会开玩笑？但我就喜欢你这里，毕竟是你救了夏初，我得知恩图报。"

　　"救她的是你。"

　　"但是，是你跟我说的她的'未来'，老板，所有人的未来你都能看到吗？"

　　"我只看进到照相馆拍照的人。"他在心里补充了一句，除了一个人。

　　言下之意是说，他确实能看到所有人的未来，只是选择了一小部分？

　　"为什么？"

　　"这么爱提问，不如去学校。"蔚迟放下手中的白布，淡淡道。

　　唐小年满不在乎地将背包放在了沙发上，也不再问是通过相机还是他本身能看到未来，说："你没拒绝，我就当你接受我的应聘了，蔚老板。"

　　雪停后隔了一天又下起了雨，又湿又冷，莫离感冒了，这让她想起了她三年前刚到A市时，也是遇到这种天气，让她感冒了一周，折腾得她半死不活的。

　　结果这天她刚到门诊大楼去配药，竟然就遇上了医闹，三个男人手拿木棍冲进来，见到穿白大褂的医生就打。她看到自己第一天来上班时，跟她聊天说"虽然做医生很苦很累，但救死扶伤的感觉还是很好的"的女同事也在场，被人当头打了一棍，额头上流下血来。她气愤地要冲上去制止这群无理取闹的人，只见有人挡在了她前面，把要打向她的棍子用手臂挡住了，然后一脚踹开了那个人。她看清是蔚迟，一时有些愣神。

在周围人和保安们的合力下，很快将那几个人制止住，一场灾难消停了。

受伤的医生都被带去看伤，莫离看到蔚迟走出了门诊大门，她没迟疑，跑到取药窗口说："给我瓶消肿的气雾剂，我回头来结。"

她接过同事递出来的东西就往外跑，很快追到了人。

"蔚先生。"莫离二话不说抓住了蔚迟的手，要撩高他袖子查看，却被他甩开了。

"我没事。"

莫离有些尴尬，"我只是想看看你的伤，没想占你便宜。"

天又下着小雨，对方又实在不给面子。

她终于忍不住问道："蔚先生，你好像很不想跟我多接触？"

"是。"

莫离心口有些堵，不知道是对之前的事心有余悸，还是因为他这句冷酷的话才有些心凉。

　　她把药递给他，"这是消肿的，一天喷三次。在受伤的二十四小时之内可以冷敷，二十四小时之后可以热敷。如果感觉很疼，建议还是看下医生。刚才，谢谢。最后，蔚先生，我争取以后见到你就躲开。"

　　莫离走了几步，下意识又回头看了一眼，只见那张每次见都无波无澜的脸上，似乎有些许懊恼？

　　莫离实在不理解，他懊恼什么？

第三章

不死鸟的爱

[· 03 ·]

1

白晓抬起头，偌大的普通门诊的办公间里，她今天的第一个病人径直走到了她桌前。

白晓问："是帮别人来问诊的吗？"

男人坐到椅子上，并把手上的病历本丢在了桌上，"不是。"

白晓面露为难，小声道："这里是妇科。"

"中医不是整体观念，辨证论治吗？"

边上的同事们朝白晓这边望来，她赶紧低头翻看病历，问道："哪里不舒服？"

"感冒，上火。"

"那给你配点感冒药和清热下火的药吧。"

男人却还伸手过来，示意她搭脉看看。

白晓："……"看他器宇轩昂，长得那么好看，就搭一搭吧。

她心里这么大胆地想着，脸上是一成不变的认真负责，手碰到了男人的脉搏，跳得挺有力的。

"你身体很好。"

白晓说着，缩回手，给他开了药，"你去拿药吧，药按说明书上的吃就可以了。多喝水，注意休息。"

男人起身，在走出去之前又问了一句："记起来我是谁了吗？"

白晓的头已经低得快额头碰到桌面。

男人直接走了。

下班后，白晓缓慢地走出医院大门，她的左腿有伤未痊愈，走不快，她正要伸手打车，却被一辆路过的电瓶车带了下，一屁股坐在了地上。车主扭头看了一眼，加大马力开走了。虽然白晓摔得很疼，但她也没出一点声。

她是很能隐忍的人。

有人过来拉住了她的手，要拉她起来。

白晓看向来人，脸上一红，觉得有点丢脸。这是她今天第二次碰他的手。

一起来她就松开了手，道了声谢。之后她打上车离开。

男人站在原地看着她坐的出租车开远。

路边卖报纸的摊贩说："帅哥，喜欢人家就追嘛，光看着没用的。"

"她是我太太。"

2

一年前。

白晓看着睡在身边的人，晨光透过窗户照在李若非的脸上，她心想，她可真喜欢他。

两人是通过相亲认识的，她刚见到他就有点手足无措，差点打碎了咖啡杯。她没谈过恋爱，甚至想过一辈子都不结婚，无奈朋友总是好心地为她张罗，见他是她拗不过朋友后的第一次相亲，也是最后一次。

其实在两人认识之前，他们曾经见过，差不多是三年前了，不知道他还记不记得——

那时正值深冬，他跳进江里去救人，可惜那人在被拖上来之前就窒息了。不少在江边散步的人围着看，他全身湿透，脸色苍白，给那人做CPR。她在人群里看了一会儿，上去探了下那妇女的颈动脉，"已经死了。"

那是她对他说的第一句话。

而三年后，他对她说："我们结婚吧。"

优秀能干的李若非向胆小不自信的白晓求婚了。

她感动得哭了出来，她喜欢他，她渴望家庭。

而她终于又有家庭了。

之后的日子，她都在小心翼翼地维持着他们的婚姻。李若非虽然少言寡语但他足够温柔体贴。白晓觉得这样就已经足够幸福，这种情绪她已经很久很久没体会过了。

这导致她更不愿，也不敢去跟李若非说出自己内心那裹了血的秘密。

而越幸福，她越觉得那秘密像长了獠牙的野兽，要撕裂了她的心从里头爬出来。

她害怕，夜不能好眠，食不知美味，压抑难过。

她自己给自己诊断了下——抑郁症又犯了。

她开始想方设法地转移自己的注意力——从网上买了一堆书

看，大半是心灵鸡汤，还买了本《秘密花园》来画，结果没涂三分钟就没耐心了。这玩意儿哪是治愈人啊，简直让人更致郁了。

李若非出差回来的那天，刚好白晓轮休，她就想去接他，便擅自做主开车去了机场。

她靠在出口的栏杆上。边上全是人，都是翘首等着远方而来的人。

然后她就看到了李若非，他一手拖着行李箱，另一只手臂，被一个女人拽着，两人似挽似牵地从里面出来。

白晓裹着厚外套，陷在人群里，他竟完全没发现。

她心想：完了，心灵鸡汤全白看了。

白晓钻出人群，想要追上前面的人，跟他说不用去打车了，她开车来接他了。

"我爱你……你真的不能陪我去吃顿午饭吗？"那个女人说。

都说爱了呀。

李若非没回话。

白晓看着他们走出了机场大厅。

她沮丧得脑子里都一片空白了，直到车喇叭声拉回了她的心神，她才发现自己竟然站在机场门口的大马路上。

白晓慌忙退到路边，"我是追出来了吗？若非呢？"她四处张望，一无所获。

她失落地在脑子里设想盘问李若非的场景。

如果他说没什么，不过是那人的一厢情愿。她也不知道自己会不会信。

如果不是误会，那他们两人的婚姻是不是意味着就要结束了？

思来想去，郁结万分，白晓觉得她有必要找个心理医生看看了。

同时，她又死马当活马医地在经常逛的抑郁症患者互助论坛上发了个帖子：亲亲爱人被别人看上了，怎么办？在线等，很急很急！

白晓回到家后，看到李若非竟然在家做饭。

李若非见到她，面露意外，"你今天不上班？"

"嗯，轮休。"白晓说，"你去休息吧，刚下飞机肯定很累，我来弄。"

李若非有点洁癖，在外忙完回到家，总要先洗澡。这会儿实在饿了，所以想做了饭吃了再洗。

"那好。"

白晓切着紫甘蓝，慢慢走了神——没一起吃饭，那是不是说明没什么呢？

等她回过神来的时候，她发现手上的刀，划在了自己的手腕上，她吓了一跳，赶紧把刀扔到地上。

伤口不深，可血还是源源不断涌了出来。

刚拿了换洗衣服的李若非听到声音，跑了过来，"怎么了？"随即看到白晓手腕上的伤口，"怎么回事？！"

"不小心划到了，不严重。"

李若非将白晓的手拉到水龙头下冲了冲，随后带她到了客厅，转身去拿了医药箱过来，抓起她的手要消毒。

"我是医生，我来吧。"

"你一只手怎么弄？"李若非用碘伏给她伤口消毒、包扎。

这种似曾相识的轻生倾向让白晓有些慌，所以她没发现李若非目光深沉地看着她的伤口。

午饭后，李若非在客厅里看资料，白晓在边上看电视，她看的是动画频道，此刻正在放《喜羊羊和灰太狼》。网上说，多发掘爱好可以治疗抑郁症，比如唱歌跳舞画画，也有说可以看动画片，搞笑的那种。

李若非看她目不转睛地看低龄动画不免摇摇头。

外面不知何时阴了天。李若非看完资料，发现白晓已经裹着条毯子在沙发上睡着了。

他把人抱进房间的床上，给她盖好被子，又看到她包裹着纱布的手腕——那样的伤口，显然是自己故意划的。

李若非坐在床沿看着白晓。

"若非，有件事我想来想去，还是决定告诉你，这种事你迟早会知道——你女朋友白晓，我之前没想起来，是因为那都是十多年前的事了。昨天她来给你送消夜，我随口问是她做的，还是家里老妈做的？她说她妈在她小时候就自杀死了。通常如果亲人不在了，说去世就行了，很少陈述死法，加上她名字挺特别，我这才想起来，当年我还在刑侦大队时，办过一件案子就是你女朋友家的——她当时才上小学吧，她妈想要淹死她，把她按在浴缸里，结果她顺手拿到了她妈放在旁边用来剪头发的剪刀，把她妈刺死了。因为她爸早就走了，她妈一死她就成了孤儿。这也导致她家的亲戚没人愿意收留她，谁也不敢收留一个杀了自己亲妈的人。哪怕她是出于自卫，出于意外。当时小姑娘的状态很不好，一直重复是她的错，不吃不喝失魂落魄，我们找了心理医生，给她做了心理疏导。她如今说她母亲是自杀……这样也好。

"我跟你说这些，是不想你们以后真结婚了因为她过去的事而闹矛盾，我看得出来，白晓这姑娘很不错，热忱体贴不娇气。

她现在做了医生，这里面一定付出了比常人更多的努力。"

李若非伸手去触摸白晓的伤口。

他想到她说，第一次见到他，是在河边，他救起一个被人抢了东西推下河的妇女。

其实这不是他第一次见到她，他第一次见她，还要早，算起来，她当时还在读大学，而他刚好出差到她读书的城市，忙好案子去海边散心，就遇到了她跳海。

她说喜欢自己。如果真的是，那怎么还能……在嫁给他后，还想死？

李若非想着，手上的力道不由加重了点，惹得床上的人呻吟了一声。

他松开了手，又带着点咬牙切齿地说："你都想死了，还怕疼？"

3

李若非一到检察院，就看到了陆菲儿，正拿着早餐和咖啡在等他。

"我吃过了。"

陆菲儿把早餐扔进了垃圾桶，问："那咖啡呢？愿意喝吗？"

李若非态度疏离，不说话，却已经表现得很明显，陆菲儿便把咖啡也扔进了垃圾桶，说了句"那不打扰你工作了，我中午再来找你"，就干净利落地走了。

等陆菲儿一走，同事就开玩笑说："陆菲儿这人也是奇特，我们之前调查她男朋友的案子，把她男朋友送进去了，她倒好，竟然转头看上跟案的若非了。"

另一个没跟这案子的同事问："若非结婚了，没跟她说？"

"怎么没说。那陆小姐表白完，若非就说他结婚了。陆小姐说，那没事，我等你离婚。若非说，不会离婚，除非他死。你说，话都说到这份儿上了，那陆小姐还不死心……甚至连若非出差，她都追去。"

李若非打断他们的话，"赶紧忙活吧。"

大家这才消停了八卦。

李若非想到家里那个人，一向冷静、遇事沉着的李检察官一阵烦躁。

白晓下午请了半天假，终于去看了心理医生。

找心理医生忌讳找认识的人，所以她避开了自己的医学圈，通过网络找了一家风评不错的心理咨询诊所。

白晓躺在躺椅上的时候心想，她一定一定得治好抑郁症，要好好地活着。她以前也有自杀倾向，这是她藏在心里的秘密。但事实上，她完全不想死，世界上有那么多美好的事物，更何况，现在她有喜欢得不得了的人，为什么要死呢？可有时候真的莫名其妙就会做出一些自残、自杀的举动。

白晓很配合地投入到了心理治疗中。一个小时过去，医生温和地说："今天可以了。"

"谢谢。"

跟医生确定了一周来一次后，白晓离开了诊所。

而等白晓一走，心理医生看着病历本陷入沉思。病人自称自己有抑郁症，经病人口述，其母在她十岁时自杀，自杀前妄图把她淹死在浴缸里，口里说着让她死。病人极有可能因为童年的经历而产生心理疾病。

医生又回想前一刻两人的对话。

"我在给丈夫做午饭，走了会儿神，等我回过神来时，我发现自己拿着刀，想割脉……"

"你想自杀？"

"不不，我觉得我疯了。我不想死。我……我很喜欢我丈夫，我想跟他好好地过一辈子。"

"所以你回过神来，看到刀的第一反应是惊吓？"

"是的。"

"以前还有过此类行为吗？"

"有……在我读大学的时候，我去海边玩。等我醒过来，我在医院里了，医生说我跳海自杀。"

"你不记得自己跳海了？"

"我只记得自己在海边走，海水冲上来，淹过我的小腿，后面就不记得了。"

"嗯。还有吗？"

"在孤儿院的时候，有过两次，一次，想跳楼，我意识到时一只脚已经跨在外面；另一次，是在读高中时，我跟同学出去玩，附近有铁路，同学看到我坐在铁轨上，火车远远开来，也不见我跑开，是她把我拉开的。"

医生在本子上写着的"抑郁症"后面画了个问号，又写上：双重人格，或多重人格障碍？

医生自言自语道："主人格想努力生活，次人格却极度消极？"

4

白晓看了次心理医生，吐了次槽，感觉心情轻松了不少。

当天去超市买了一堆食材，做了一桌李若非爱吃的，并开了一瓶红酒，然后撑着下颌，望眼欲穿地等着李若非回家。

李若非一进家门，就见白晓趴在餐桌上，他走过去，桌上的菜没动过，一瓶红酒却已见底。

　　白晓听到声音抬起头，跟跄地站起身，一双水润的大眼睛看着若非，娇羞又大胆地嗫嚅道："若非，我的若非。"说着就把人给抱住了，"今天晚上我要把你……嘿嘿。"

　　李若非目光沉沉地看着她，"怎么喝了那么多酒？"

　　"不知道……"白晓脑袋发晕，慢慢地像颗被太阳晒化了的糖，往地上瘫去。

　　李若非直接将人横抱起来，放到沙发上，之后他去厨房煮了牛奶米汤给白晓解酒。

　　等白晓喝完汤，又拽着李若非不撒手，脸靠在他颈窝里，又亲又咬。李若非任她咬着，即使会留下好几天褪不去的痕迹。要说李若非这个人，从小家教严格，早年又在军队里工作多年，所以十分之克己自律，立场坚定，然而却为面前这个人一再地破格。

　　从来不想相亲的他，看到她的照片后答应了相亲。

　　而对闪婚一直持否定态度，却在跟她交往不到半年后就求了婚。

　　李若非轻托起白晓的下巴，让她抬头看着自己。

　　白晓双眸剪水，一片依恋。李若非低头吻住了她，一吻结束，两人都气喘吁吁。

这时白晓衣袋里的一样东西掉落在了地板上，李若非偏头看去，是一盒安定片。他想到她喝完的一瓶酒，目光瞬间转冷。

又想死吗？

李若非都恨不得直接掐死她了，他去拿了湿毛巾来给她擦脸，试图让她清醒点，好谈话。

白晓看着若非，迷迷瞪瞪想到几天前机场看到的那一幕。

她伤心地问："你有没有红杏出墙过？"

李若非脸色不善，"没有。"

没有？没有……白晓笑逐颜开，本来还想他否认的话，自己会不会信？结果他说没有，她一瞬间就相信了。

白晓猛地又抱住李若非，满心满脸的爱慕。

本来要训责的心软下来，"白晓，只要你想让我做的，我会尽我所能做到。而你作为我的妻子，我只要你为我做一件事——陪我到老。"

李若非说得很慢，白晓都听清了，她信誓旦旦地点了头，"嗯！"

"你最好说到做到。"

隔天白晓醒来，酒劲已退去，只觉得全身无力，她见床的另一边已经没人。等她起床走到客厅，也是空空如也，不过餐桌上摆着早点。

白晓感动，但看时间快八点，便火急火燎地跑进卫生间洗漱。

刚刷完牙，门铃响了，她匆匆洗了把脸去开门，外面站着的女人面带微笑，白晓一眼就认出了对方——之前在机场看到过的那个女人。

"我就想来看看，李若非的老婆是什么样的。"

什么样？穿着睡衣，头发上还滴着水。"我现在赶时间，抱歉。"白晓说完要关门，想想不对呀，自己干吗说抱歉呢？这人，破坏别人家庭不仅不以为耻，还敢理直气壮地上门来找她对峙！

白晓觉得简直不能忍，下一秒，她的眼睛里已经没了愤怒的情绪。

她看着陆菲儿说："滚。"

白晓说话的语调跟神情已跟前一刻完全不同，陆菲儿虽然意外，但依然坚持说完自己的观后感，"身材没我好，脸蛋没我美，李若非的要求还真不高。"

"喜欢李若非？那就去找他，我管不着。"她顿了下，又突然靠近陆菲儿，冷冰冰而又缓慢地说，"我还是得管。我杀过人，你不信，可以去查我的资料。查到后，再想想，是不是有胆敢跟我抢人。"

陆菲儿惊诧不已地望着她转身进屋，甩上了门。

白晓愣愣地扭头看已经合上的门，"我还是忍下来了？"她觉得自己真是宰相，肚里能撑船哪。

另一边，陆菲儿平复了情绪又转而去找李若非，一见到人就意味深长地说："李检，没想到你老婆竟然是杀人犯。"

"陆小姐，请注意你的言辞。"

"并非我造谣，是她自己说的，她说她杀过人，还吓我别接近你，否则也要杀了我。"

李若非深吸一口气说："哦？她这么说的？"之后他认真道歉，"她吓你是不对，我替我太太向你道歉，而陆小姐，你是应该离已婚男人远一点。"

陆菲儿本来还想，李若非的老婆是不是只是瞎说吓她的，结果李若非完全不反驳。

"李检你心真大，罪犯也敢娶。"

李若非起身去拉开了办公室的门，"陆小姐，我要办公了。"

陆菲儿被"请"出办公室时，脸上有些没劲儿，她觉得自己做事够离谱了，结果这对夫妻更离谱——一个杀人犯，一个娶杀人犯的检察官。她嘴上嘀咕了句"不玩了"，踩着高跟鞋走了。

这天李若非心情还不错，本想早点回家，无奈工作成堆，拖到了七点多才得以下班走人。他刚上车，就接到了医院的电话，说白晓跳楼了，但没生命危险。

李若非往医院赶的时候，紧握方向盘的手指发白，担忧、愤怒都有，加上堵车，一向文明的李检察官都骂脏话了。

白晓这边已经醒来，医生跟她说明了她的情况——左腿股骨骨折，做了内固定手术，暂时不能下地走路，留院观察一周，看看愈合情况再说。

白晓连连跟同事道谢。

医生又斟酌着问道："家里有什么事吗？跟你老公有矛盾吗？"

"嗯？"

"你邻居说在楼下遛狗时，看到你从阳台上跳下去，也是他打的120。"

白晓只能解释说："我不是故意的，是不小心——升降的晒衣架坏了，我踩着凳子收衣服，不小心掉了下去。"

医生开玩笑说："你这运气也真够背的。不过不是自杀就好，也好在你家只是二楼，只是伤了腿。好了，你好好休息吧。"

等同事一走，白晓就皱眉深思，想着想着，抬手轻呼了自己一巴掌，"好端端跳什么楼啊？！还选这种伤残概率大、死亡概率极小的尴尬楼层。"她记得自己在收衣服，但晒衣架并没坏。

这时，李若非一脸阴沉可怖地推开门大踏步走了进来。

四目相对，白晓当下就瑟缩了下，然后，她做了一件跟跳楼不相上下的傻事——

"你是谁？"

李若非本就一肚子火，听到她这句话，原本就握紧的双拳青筋都显出来了，他一字一顿地问："你说什么？"

白晓从见到李若非那一刻，脑海里的念头就转了N转——"不小心掉下去"这种借口肯定瞒不了若非。他很生气，怎么办怎么办？跟他说我也觉得选二楼自杀很傻，他会不会信她是非自愿跳的楼？很悬。完了完了，昨天刚答应他要一起到白头，她却偷偷跳了楼，啊呸，这都什么时候了，还有心情说段子？！若非现在一定对我失望透了，老天爷我该怎么办啊？

最后，白晓冲口而出了那句话——你是谁？

"失忆了？"李若非三两步跨到床边，白晓小心翼翼地避开他的视线，心跳如擂鼓，紧张丢脸歉疚搅和在一起，让她坐立不安，无地自容，恨不能钻地洞。

李若非倾身向前，冰凉的手轻抓住她的后颈，"我再问一次，我是谁？"

白晓被冻得一哆嗦，暴风雨前的宁静也不过如此了，心说还是早死早超生吧，结果刚要开口说"我想起来啦，你是我爱的人"，就有护士进来了。

"白晓，我来看你了，感觉还好吗？"进来的是跟白晓关系不错的小梁，她看到房间里的李若非，"哎呀，你是白晓的……"小梁参加过白晓的婚礼，对李若非有印象。

"她失忆了，不知道我是谁。"李若非瞟了眼来人后，继续回头看着白晓。

白晓有种大江东去覆水难收的感觉。

"这什么情况？"小梁愕然不已，"白晓，那你还记得我吗？"

白晓瓮声瓮气地"嗯"了声，然后她听到李若非冷哼了一声。

小梁着急道："难道说是遗忘了某部分记忆，选择性失忆吗？"

白晓："……"

砰！李若非摔门而去。

"你老公怎么了？"小梁扭头看了眼门，"看我，忘了你忘记他了。他是你老公。"

白晓："……"

"我去叫王医生来，你……"

"小梁，我没事，我没失忆。"

两个月后的现在。

白晓坐在出租车上，回忆起自己跳楼的当晚，她给自己的心理医生打电话，求助对方到底该怎么自救？她觉得自己真的快疯了。

医生听她陈述完她的跳楼事件后，跟她说，他先前尚不能确定，现在他可以断定，她不是抑郁症，是人格分裂，而就目前来看，是双重人格。

人格分裂？白晓虽然难以置信，但作为一名医生，哪怕病种再稀奇古怪，理智上还是会接受专业医生的判断。事实上，在心理医生说出来之前，她曾经也想过这种可能。只是因为每次失去记忆的时间过短，加上她曾经情绪总是低落，便将自己划进了抑郁症里，毕竟抑郁症也有自杀倾向。

白晓挂断心理医生的电话，觉得无比迷茫——人格分裂，这种病让她更不知如何是好。

就她有限的认知里，抑郁症基本只会伤害自己，而人格分裂，却不一定。

她不确定，她的另一人格在除了自残、自杀之外，是不是还会做出其他毁灭性的事情来，好比，伤害她周围的人，她爱的人。

5

白晓下了出租车，走进楼里，她工作第一年就贷款买了一套不到五十平方米的小公寓。她潜意识里总想有个属于自己的家。曾经跟母亲住的房子为了付她的学费而卖了，因为里面死过人，卖得很便宜。

白晓进屋看着目所能及的四壁，感叹真是适合腿脚不便的人住。之后，她又想起了若非，他感冒了，不知道配了药回去他会不会按时吃，他总是不把小毛病当回事。她又想到自己住院的时候，每天有外卖公司送来的有益于骨折患者喝的鱼汤、乌鸡汤、内脏汤……她知道是若非买的，对于不喜鱼腥味和不吃内脏的她来说，喝得是又甜蜜又反胃。之后她又想起自己的另一重人格，在她接受了多次心理治疗的两个月里一次都没出现。这也是她在左腿康复得差不多后，回归工作的原因，总不能病没治好，先没钱饿死了，加上医院人多，次人格出来真想要做什么，应该也能被人制止。

正想着，敲门声响起，白晓心说，难道又是对面小哥来找她借酱油？

李若非看着站在那儿傻盯着他的人半晌，才几不可闻地叹了一声说："装了两个月了，可以跟我回家了吗？"

"我……"

李若非本来放松的表情又冷沉下来，"你再敢说一次不认识我试试？"

白晓沉默下来，在心里说着：我怕再做出让自己害怕的事情，怕让你失望，怕让你觉得我总是不守承诺，更怕伤害到你。

白晓被强行带上了车，李若非一路沉默着往家开。跟李若非待一起越久，白晓的自制力就越弱，她挣扎着想要不当圣母了，有些违心的事做起来简直痛不欲生、苦不堪言。当然，不跟李若非坦白自己精神方面有问题，其中有一小部分原因是出于自己的自卑。

可说了，自己之前的坚持又算什么？但不说，如果次人格一直不出来，她也总不能孤独终老。

白晓就这么缠绵悱恻地纠结着，突然安静的车厢里响起了肚子叫，她急忙伸手拧开了广播掩盖。李若非瞟了她一眼，在前面本该直行的路口转了弯，没一会儿将车停在了一家餐厅外面。

"吃了再回家。"李若非打开车门先下了车。

白晓欣喜，结果下车一看店名，又郁闷了——鱼头煲店，直到她看到李若非走向边上的那家港式餐厅，她才转忧为喜，腿脚不利索地跟了上去。

"看什么呢？"韩镜顺着饭友赵莫离的视线望去，脸上随之露出意外的表情。

"我同事，不过不熟。"赵莫离回头，"怎么？看你的样子，你认识她？"

韩镜只含糊地"嗯"了声。

赵莫离多机灵，又对自己的青梅竹马实在了解，一下就看出了端倪，"她不会是你的病人吧？"

韩镜直接转移话题，问道："我看你最近状态不太好，有心事？来，让专业人士给你指点指点。"

赵莫离笑道："好吧，我想了很久，实在想不通。一、人是从哪里来的？二、人在世界上生活，有什么目的？三、人过了今世后，要到哪里去？"哲学三大问题。

"拿我开涮呢？"

6

白晓没发现自己的心理医生也在餐厅里，跟李若非吃完饭就回了家。一进家门，她就发现阳台的窗户外新装了防盗窗。

白晓："……"

"我去洗澡。"李若非说，"这里是我们的家，没忘吧？"

白晓苦笑道："没。"

"那你自便。"

等李若非一离开，白晓就忍不住咕哝："还真的不能惹记仇的人，也不知道他要生气多久？也怪自己智商不够，想不出两全之计。"

李若非洗完澡出来，看到白晓拿着把刀，"你干什么？！"他火冒三丈地跑过来将她手上的刀夺下。

"我，我想削个苹果吃……"

李若非看她另一只手上确实拿着个苹果。一阵静默过后，他接过苹果，替她削了。白晓接过削好的苹果，见李若非脸色依然很难看，便小声问道："那个，要不要分你半个？"

李若非没理她，进厨房放好刀，倒了杯冷水灌了下去。

这两个月里，他几乎每天都站在阳台上想，为什么她会跳下去？跳下去的时候她在想什么？有没有想过他？

捏着玻璃杯的手因为用力而显得有些青白。

白晓坐在沙发上，一口一口咬着苹果，她在心里问着："你为什么想死呢？活着不好吗？是走投无路吗？鲁迅先生说过，什么是路？就是从没路的地方践踏出来的，从只有荆棘的地方开辟出来的。我们一起努力踏出来不行吗？"当然，没人回答她。

　　白晓半夜被饿醒，蹑手蹑脚地起来找吃的。刚摸黑打开冰箱，客厅的灯就亮了。

　　李若非站在房门口，一脸冷峭地望着她。

　　白晓窘迫道："我饿死了，起来找点吃的。"

　　李若非似乎在判断她话里的真假，然后走到她边上，居高临下地看着她，"饿死不也是一种死法？"说完从冰箱里拿了面、鸡蛋和番茄，白晓站旁边看他洗了番茄放在菜板上又去打鸡蛋，就想上去帮忙切番茄。她刚拿起刀，被李若非看到，他几乎是发火地制止，"我让你动了吗？！到外面等着去。"

　　"哦。"

　　白晓乖乖地坐到了餐桌前，等面上来，吃完了面，然后抬头看李若非，"我吃好了。我洗碗，你先去睡吧。"

　　"明天洗。去刷牙，睡觉。"

　　"哦。"白晓就像被李若非控制的机器人，做完他指定的命令后，躺在床上再度闭上眼。她不知道黑暗中，李若非一直在看着她。

第二天，赵莫离在医院食堂见到了急匆匆吃饭的白晓，想到她是韩镜的病人，那就是说她有心理问题。要说现代人吧，心理多少都有点毛病，差别就是有人严重，有人不严重，有人找医生解决，有人自我管理。

她过去坐在了白晓对面。

"嗨，白医生，你的腿恢复得如何？"

"挺好的，谢谢，接下去就是养。"白晓每次看到赵莫离都觉得她过得放松又潇洒，忍不住问，"赵医生，我听说你很喜欢寻美食吃。"

"你直接说我是吃货就好了。"

白晓笑了下，"吃美食心情会好，你能给我介绍几家好吃的店吗？"

"当然可以，你手机号给我，我发你地址。其实你周末要是有空，我可以直接带你去。"

"好啊。"

于是两人互相加了电话，聊了一顿饭后各自散去。

白晓没回办公室，趁午休时间，打车去找了心理医生。

韩镜刚吃完饭，让秘书来收拾了饭盒出去，才温和地问："吃过饭了？"

"吃了。不好意思，这时间过来。"

"没关系。"韩镜去饮水机边倒了杯温水给她，"严重分离的双重人格处于连续体的另一端，主人格意识不到次人格的存在。我们今天进行催眠治疗，我想尝试让你跟对方交流看看。告诉他/她，你们不是彼此独立的人格，更不是对立的。可以的话，问他/她想要什么？"

白晓从催眠中醒过来，感觉有些飘飘忽忽。

韩镜问："还好吗？"

她很茫然，"她叫白鹭。她说，她想死，让我别管她。"说着就要泪奔了，"她死了，我也活不成了啊。"

白晓刚走出韩医生的办公室，李若非打来了电话。

"你在做什么？"

"刚跟一位医生聊完天。"白晓心虚地说着误导人的真话。

"晚上我来接你。"

"好。"

然后李若非就挂断了电话，类似这样简短的问她在做什么的电话，他今天已经打来了三通。

想到网上有人说，有人隔三差五问你在做什么？潜台词是想你了。

但白晓猜测，若非会这么问她，大概是怕她又自杀罢了。

天地良心，她完全不想自杀啊，可悲的是，她的身体共用者却偏偏一心求死。

当白晓下了楼，走到路边正要打车时，一辆跑车开到了她的旁边，车窗摇下，陆菲儿手臂支在窗口托着腮看她。

白晓心说冤家路窄，她往边上走了走。

"干吗躲，怕我呀？你不是都说要杀我了吗？"

白晓莫名其妙，"谁要杀你？"

"说过的话，想抵赖不认？真没原则。"

"你才没原则呢，抢……"抢别人老公这种话，大庭广众之下白晓有些说不出口，转而她意识到，应该是次人格做了什么——她跟韩医生回忆细数过自己曾有过的那些"断片"，这人来找她那天，就发生过一次。

她立刻走近陆菲儿问："她，不是，我说要杀你？"

"是啊。想起来了？"

陆菲儿边上的男人说："菲儿，她是谁呀？"

"哦，我看中的人的老婆。"

白晓怒道："你的道德呢？小心我给你一味中药下去，让你回归天真痴傻。"

"你杀人害人这是轻车熟路啊？别激动，我已经退出了。"陆菲儿好笑地指了指边上的人，"我新对象，不比你老公差吧。"说完就笑着发动了车子扬长而去。

白晓是看出来了，陆菲儿这一停一唠就是想在她这儿找回点场子。她真的很想朝她喊一句："爱人是用来爱的，不是用来比的。"真是无聊的富家女。

随之想到次人格说的"杀人"，她的心情又低落担忧起来，次人格真的会伤害到自己身边的人？

这天之后，白晓一直很彷徨，想着要不要再离家出走呢？毕竟她单独跟若非在一起的时间最多，她实在不敢冒险。有一晚她还做了"先杀了若非再自杀"的噩梦，吓得她瑟瑟发抖。但一想到离开，她又心酸不舍。左右为难，进退维谷，最终她选择了折中的方案——不离家，但尽可能地躲着李若非。他看电视，她去书房，他到书房，她去睡觉，他到卧室，她起来继续去书房玩电脑。

李若非何等锐利，对她的行为看在眼里，冷在脸上。

这天晚上，白晓又要起来去书房。

李若非一把抓住了她的手，命令道："给我睡觉。"

"我睡不着，去书房看会儿书。"白晓反抗着要起来，李若非忍无可忍，拿了椅子上自己的衬衫过来，把她两手一绑系在了床头。

这是要干什么？SM吗？白晓面红耳赤，心惊肉跳。

"若非，你放开我，我睡觉还不行吗？"

李若非不为所动地坐在旁边，沉着脸看着她。然后他伸手抚摸过她手腕上的伤，还有她的左腿，低哑地说："我看了小区的监控录像，清清楚楚地拍到了你跳下去的画面。你又要想死的话，不如叫我动手，比起你，更干净利落。"

白晓的心脏如被细针狠狠刺了下，双眼湿润，"我不想死，若非。"

李若非缓慢道："割腕、喝酒后又想吃安眠药、跳楼……白晓，你让我怎么信你？但我说过，只要你想让我做的，我会尽我所能做到，只要你说得出口。"

白晓哪敢说啊，若非的声音虽然听起来很"平和"，但她知道他气得不轻。

所以她非常用力地摇头。

当晚，在白晓睡着后，李若非在她手机里设定位跟踪时，无意间点开了她的备忘录，然后看到上面写着：下周要做的事：
1.周三去心理诊所（记得提前预约）。2.努力不让若非生气。3.多
吃有益骨折的果蔬。

李若非看着这几行小小的字，心口隐隐揪疼。

她去看心理医生？那是不是说明她并不想自杀？其实她说不
说谎，他一眼就能看出来，但她的自杀行为也从来不像意外。

李若非按住额头，对于刚才自己的失控行为懊恼，更多的是
一种逼不得已的无力感。

隔天是周末，李若非帮白晓晒完了衣服，问她中午想吃
什么。

白晓愣了下，弱弱道："我约了同事。"昨天她下班前答应
了赵莫离的美食之约。

"随你。"李若非说，心里却烦闷地想着：备忘录上写着的
努力不让我生气，是写着玩的？！

"要不，你跟我一起去？"

"不用。"

"那你想吃什么？我给你打包回来。"

"不必。"

"哦。"

7

赵莫离带着白晓去了一家小吃店，吃各种点心面食的。

白晓觉得确实很不错，想着下次带若非来。

两人走出店时，望着马路对面的莫离"咦"了一声——对面一家店的落地玻璃墙后，影影绰绰被阳光照着的蔚迟正微躬着背在给一株半人高的天堂鸟浇水。

"真巧，前两天我医保卡掉了，要重新做过，正想要拍证件照，就看到照相馆了。"白晓指着对面的时光照相馆说，"莫离，你请我吃饭，现在我请你拍照吧？"

这还是赵莫离第一次被人请拍照，她刚想拒绝，白晓已经拉着她过马路，"别拒绝我，否则我就成了来而不往的非礼者了，再说证件照用得着的地方也多嘛，走吧。"

莫离心说：我站到那位蔚先生面前，就真有可能会被当成"非礼者"了。

这样想着，两人已经走到了照相馆门口。

"白晓，我真不想拍照，你去吧，谢谢你的好意了。"赵莫离刚说完，就看到了一辆宾利车从前面开来，车牌号再眼熟不过，她当即拉着白晓，快速闪进了照相馆。

蔚迟浇完盆栽正打算去洗手，听到开门声，他侧头看去，身形微一停顿。

白晓从赵莫离身后侧探出头说："老板，我们要拍照。"

赵莫离很有种避坑落井的感觉，真心郁闷，前不久自己刚说的"争取以后见到你就躲开"的承诺，转眼就给打破了。但刚才是她拉着白晓进来的，再丢下朋友走也实在说不过去。

"莫离，你先去拍吧。"白晓又略带腼腆地对蔚迟说，"老板，麻烦你帮我们拍得青春漂亮点哈。"

赵莫离："……"然后她听到那道冷淡的声音回了一声"好"。

赵莫离被赶鸭子上架地跟着蔚迟走进摄影棚，但她向来能调节状态，哪怕心里有些异样，也没有表现出来。

蔚迟看着镜头后方的赵莫离，穿着黑色外套，长发扎在背后，她眼睛黑而亮，目视前方，透过镜头看着他。

大概过了一刻钟，赵莫离跟白晓拿到照片，离开了照相馆。

蔚迟坐在藤椅上，手竟有些微微的战栗。

白晓打量了赵莫离半晌后说："你有没有发现，那位摄影师看你的时候，跟看我的时候有点不一样，看我就像看客人，看你就像……具体我也说不上来，反正就是不一样。"

"看我就像看馒头。"赵莫离鼓动了下最近又吃圆了一点儿的脸。

白晓扑哧一笑，说："莫离，你真有意思。"然后想到什么，有些羡慕地说，"跟你这样性格的人谈恋爱，一定很快乐。"

"我没谈过恋爱，所以不知道跟我在一起的人是幸福还是悲惨。"

白晓颇为诧异，"你没谈过？你从来没喜欢过人吗？"

"不算小时候喜欢的偶像明星的话，没有。"赵莫离抚着胸口，又想了下说，"应该没有。所以如果你要跟我咨询爱情问题的话，我只能根据我多年看小说、电视剧得来的经验跟你探讨了。"

白晓浅浅笑道："没有，我先生对我很好。"

这时正好一辆空出租车过来，白晓伸手拦住了，"我打车回去，你不用绕道送我了，谢谢你今天约我出来吃饭。"

"没事的，我送你好了。"

但白晓已经上了车，她朝赵莫离挥了下手，"不用不用，我们周一医院见。"

等白晓一走，赵莫离正要朝她跟韩镜借的车走去，便看到那辆宾利就停在她的车后面，还没给她反应时间，后座的车窗就被摇了下来，里面坐着的留着络腮胡的中年男子叫住了她，

"赵莫离。"

赵莫离的表情从苦逼到无奈，最后露出乖巧笑容，叫了声："爸！真是您啊，我走过来的时候就想这车怎么那么像我家那辆。"

赵红卫冷哼道："刚才看到家里的车就像见到鬼似的跑的人不是你？给我上车。"

赵莫离权衡了下，乖乖上了车，"您出来吃饭？"

"本来是。现在，回家。"

"爸，我不想回去，除非你答应我不给我介绍对象，不逼我结婚——我俩品位完全不一样好吧。"

"你懂什么？你会看人吗？我吃过的盐比你吃过的饭还多。"

"您都有高血压了，就少吃点盐。"

赵红卫教训道："目无尊长，没大没小！"

碍于父亲大人的威严，赵莫离不再说话，她给在家打游戏的韩镜发了条微信："我被我爸逮到了，我得回家了，你的车自己来开回去吧。"并把位置发送了过去。

车子掉转车头，再次经过照相馆门口，赵莫离不经意看去——透过车窗，她见那人站在店里，望着外面似在出神。他身边是一些被照顾得生机勃勃、绿意盎然的植物，但不知怎么，她看着他竟觉出一种孤寂感来。

另一边，白晓回到家，就见李若非在吃泡面，又意外又心疼，"你怎么不做饭呀，或者叫外卖呢？"李若非在生活上很讲究，吃穿上很少随便凑合。

"没心情。"

白晓自知又是自己的错，大周末留他一个人在家。

李若非扔了吃了一半的泡面，突然问道："还记得婚礼上我说的承诺吗？"

白晓当然记得。

"我再说一遍，我李若非会守我妻子一生安康，生死不离。现在，你听好了，它不仅是承诺，也是要挟。"李若非一字一句，清晰无比地说。

她惊讶地看向他，有动容，有心慌。她抱住李若非，眼泪夺眶而出。

她决定跟若非摊牌，跟他说自己的病情。可这天白晓哭了好久，泣不成声，因为若非的誓言，以及想起自己遇到若非以前的孤单，对父母的思念。她好像要把这些年压抑在心底的所有情绪都发泄出来。最后她哭累了，倒在李若非怀里睡了过去。

而谁也没想到，就在当夜凌晨，白晓……应该说是白鹭，进了卫生间，她去放了一缸水，把自己沉了下去。

　　李若非警醒过来，见卫生间的灯亮着，等了半天没见人出来，就去敲门，"白晓？"他试着开门，却发现里面被反锁了。他马上把门撞开，就看到闷在水里一动不动的白晓。李若非脸色惨白地冲上去把人拖起来，因为是冬天，她放的又是冷水，此刻白晓全身冰冷，就仿佛一具尸体。

　　李若非喉咙发紧，充满恨意地低吼："白、晓，你给我醒来！你要是敢死……你要是……"

　　他命令自己冷静，把白晓放在地板上，做CPR和人工呼吸。他就这样坚持了大概半分钟，白晓终于吐出了一口水，睁开眼，"若非……"刚虚弱地说完，她的神情又变成了冷漠，"李若非，你为什么不成全我？"

　　"你说什么？"

　　"活着是受罪，死是解脱……从此没有悔恨，没有痛苦，死了多好。"

　　李若非盯着那双眼，"你是谁？"

　　"我还能是谁呢？"

　　"你不是白晓。"

　　李若非虽然对于眼前发生的一切感到震惊，但他依然保持着理智，白鹭要起来，李若非按住了她的双臂，"你是谁？"

白晓感到肩膀上有些疼，"若非？"她见若非表情难以置信，又看了眼浑身湿透的自己，有点明白眼下的情况了——白鹭又跑出来做坏事，留下烂摊子后让她收拾。她软弱无力地问："若非，你没事吧？"

李若非看了白晓片刻，转而将她抱起来，快步走回房间把她放在床上。

他给她换了衣服，拿吹风机给她吹干头发。白晓一直醒醒睡睡，口中含混不清地说着话："我不是故意的……你别生气……别生气……"

"我不生气。"李若非轻声答她。他对自己生气，竟然到现在才发现问题所在！

等白晓睡下后，李若非拿着电脑坐在卧室窗边的沙发上查着心理疾病方面的资料。

他看到网上关于人格分裂的说明：患者将引起自己内在心理痛苦的意识活动或记忆，从整个精神层面解离开来，以保护自己。

他不由陷入深思，一夜无眠。

当年他听同事说完白晓那件案子后，曾去申请查阅过档案，他想弄清楚她跳海的原因。不管她经历了什么，往后的日子，他不会让她再有事。

而显然，这段过去对她的影响，比他预想得更严重。

隔天早上，白晓醒过来就看到李若非坐在床边望着她，她鼓足勇气说道："若非，我病了。"

"你生病了。"

两个人几乎是同时开的口，说完后又都沉默下来，白晓隐约察觉到，李若非知道了。她心里大大地松了一口气，他没有嫌弃她。

"对不起。"

"以后不要再跟我说对不起。"李若非轻轻拍了下她的脸颊说，"跟单位请一周假。"

"一周？请那么久会被领导骂的。"白晓在心里猜测，他可能是要带她去治疗，"若非，其实，我已经在看心理医生了。不请假也没关系吧？"

"请假，或者辞职？你二选一。"

白晓识时务道："那我还是选择被领导骂下吧。不过，请一周以上的假，要让副院长批的。"

"我陪你去。"

8

蔚迟将车停在医院门口。

"你说，她要自杀？冲进火里自杀？"唐小年看着手上的一张证件照说，"有人想活命没机会，有人却想死。"少年人冷静的声音没有嘲讽和自怜自艾，只是觉得可惜——会自杀的人很多并非懦弱，而是生活给他们的困难超过了他们所能承受的范围。

坐在驾驶座上的蔚迟没说什么。

"如果是火灾，能烧死人的那必然是大火吧，说不定还有其他受害者。老板，你有'看'到火灾发生在哪里吗？什么时候？我们直接从源头上去制止不是更好？"

"我不知道。"他唯一能确定的是，火灾发生在白天，并且离现在不久。

"不知道？你没看清楚吗？那你多看几次呢？"

"都一样。"除了火光，什么也看不到。

"所以，我们只能守株待兔等火灾发生，然后到时候看情况去救吗？"唐小年低笑一声说，"要不我还是去当消防员算了。"

蔚迟面上没半点着急和担心，只是有些疲惫地闭上了眼。

唐小年一直挺看不懂他老板的，他似乎并不在意别人的生死，但他确实又在帮人。真不知道他到底该算是无情还是有情？

两个人在车里等了一阵后，唐小年倒是看到了打车来上班的赵莫离，他低语了声："赵医生。"

此时蔚迟已经睁开眼，他也早就看到了前方下车的赵莫离。

因为没话聊，所以唐小年又多说了一句："她是肿瘤科的医生，护士告诉我，她曾给我申请了一笔捐款。"

"是吗？"

唐小年没想到蔚迟会搭话，不过他没再说有别人先捐了款的事，而赵医生那笔钱则捐给了医院里的另一户困难家庭。他只是看着路上车来人往，带着点感恩道："这世上好人比我想象的多。"

蔚迟看着赵莫离走进医院大门后不见，随后他看到了白晓。

"她来了。"唐小年说。

白晓从李若非的车上下来，又忍不住回头说："我自己去就行了。"

但李若非还是不放心，打算跟着，结果白晓的同事小梁刚好从公交车上下来。白晓叫住了她，转而对李若非说："我让小梁陪我去，完了再让她带我出来，好不好？我保证很快。"她总觉得带着老公去请假很别扭。

　　李若非见她挽着小梁的手臂就走，也不再步步紧逼，只听到那小梁说了句"你跟你老公'相认'啦"。

　　李若非刚要回车上，有人跑过来叫住了他，"你好。"

　　他看着面前瘦长白净的年轻人，问："你是？"

　　唐小年道："你刚才送来的人，她想自杀，你知道为什么吗？"

　　李若非眯眼，"你说什么？"

　　"你好像很关心她，那么你应该不忍心看着她烧死自己吧？"

　　对于这种不可理喻的话，李若非听得再火大，但介于白晓体内的另一重人格确实想自杀，他不得不正视对方说的话。

　　"她"曾经出来时，跟人说过，"她"要烧死自己？他只能想到这种可能。

　　李若非隐忍着糟糕的情绪，问道："你认识白晓？"

　　"我不认识，但有人认识。"

　　"谁？"

　　"你好像相信我说的话？"唐小年挺意外。

　　李若非都想揍人了。

"总之，她想自杀，就在这一年里。我要说的都说完了。"但唐小年说完，也不急着离开。李若非心里烦躁，靠在车边点了根烟抽，"你叫什么名字？"

"要调查我吗？"唐小年不在意地报出名字。

之后一人抽烟一人玩手机。李若非瞥了眼在打手游不走的少年，"怎么不走？"

唐小年："打完这局。"

李若非也懒得再管他，兀自想起了事。

等到白晓出来，李若非带着人离开，唐小年才回到蔚迟的车里。

对于唐小年擅自主张的举动，蔚迟没有阻止，虽然他并不赞成牵扯进来过多的人。

唐小年："我差点被揍。"他不出卖老板是一回事，但自己有难老板完全见死不救就是另一回事了。

蔚迟："医院就在边上。"

唐小年："……"

9

赵莫离总觉得，这段时间好像有人在跟踪自己。

终于有一天，她在又一次感觉到被人跟着时，假装丢了东西打开背包翻找，然后迅速朝边上的小弄堂跑去，就看到了一道挺拔的背影。

"喂，站住！"

那人停下脚步。赵莫离谨慎地拿着手机做好随时拨打110的准备，朝那人慢慢走过去。越走近越眼熟，当她看清是谁后不可谓不惊讶，"蔚先生，怎么是你？你在这里做什么？"

蔚迟："拍照。"

他手上确实拿着相机。

赵莫离四下看了眼，这光线不明、乌七八糟的弄堂有什么好拍的？

她笑道："蔚先生的审美挺奇特的。"

蔚迟看着她，虽然他眼底没什么波动，但还是让赵莫离有些无法直视，不知道是不是因为自己没遇到过这样的人——刚认识就明确表示"排斥"她，看她时却又特别专注。

"那你慢慢拍吧。"说完赵莫离就走了，毕竟她说过自己会尽量避着他。而因为是蔚迟，她不免怀疑自己被人跟踪的感觉是不是错觉？

之后又过了两天，赵莫离在一家咖啡书店买书，店里放着钢琴，她上去弹了一首，小时候打的基础还算扎实，即使多年没练手，一首经典的《记忆》弹起来也算流畅自如。刚弹完她站起身，就朝最里面的一排书架走去——因为被跟踪的感觉又来了。那人似乎挺高，她隐约能看到一点对方的额头。

当她大踏步走过去，看清人后，赵莫离又目瞪口呆了，半晌才说："蔚先生，你也来买书？"

蔚迟抽了面前架子上的一本书，算是回答了她的话。

赵莫离看他拿的是《家常小菜3000例》，如果说这位蔚先生真是来买菜谱，而非跟踪自己，两人纯属偶遇，那这概率高得有点离谱了。

她又想到对方不太待见自己，而且是无缘无故的，所以每次在面对他时，她多少有些气闷，"蔚先生，我接下来要去对面的餐厅吃饭。你呢？"她这么问就是想避免吃饭再碰上。

蔚迟看了眼对面的餐厅，"我也是。"

"……"

赵莫离实在是想不通，这人之前对自己唯恐避之不及，现在态度怎么就变了？难道是自己在不知情的情况下做了什么惊天地泣鬼神的好事，让人家对她刮目相看了？她越想越困惑，又问："如果你也是一个人，要不一起吃？"

"好。"

赵莫离像看怪物一样看他。

最终两个人进了对面的日料店。赵莫离点餐的时候心情很复杂，饭搭子合适不合适对于吃货来说是至关重要的，而对面的冰山美男显然不是合适的人选。

蔚迟看着赵莫离，在L医院里找到她后，他曾暗中"看"过她的未来，她是安然无恙的。

之后他尽可能地避免碰见她，但却接二连三地遇到——超市、餐厅。

餐厅那次，吃好饭后他没有立刻离开，他坐在车里等着她出来，又"看"了一次她的未来，却看到了一场发生在医院里的意外。

哪怕知道她受的伤并不重，他还是去改变了。

之后，她到照相馆来拍照，他再次看她的未来，却看到了跟三年前类似的大火。

这依旧是他的参与导致？还是她生命的时间线上，这是逃不过的一劫？

蔚迟缓缓握紧了手，三年前三年后一样的结局，但他比三年前……更恼怒。

既然结局已经是最坏的了，他也无须再顾虑重重地避开她。

他现在只需费心一件事，该怎么改变结局。

点完餐后的赵莫离抬起头，就看到蔚迟一直在看她。她一直觉得他的眉眼生得特别好，仔细看，眉心还有颗极小的痣。

"蔚先生，你为什么要跟着我？"她坦白问，如果说弄堂里那次她还不敢确定，那经过刚才书店的事，她敢说她的猜测没错——他跟踪自己，并且不介意被她发现。

"因为，你像我养的一只琉璃鸟。"

"……"本来赵莫离还以为"冰冰"有礼的蔚先生会搪塞她的问题，结果答案超出了她所有预测，"你逗我呢，蔚先生？"

"你觉得是就是。"

赵莫离一脸不可思议又认真地说："我觉得你在逗我。"

"那就当在逗你吧。"

为什么这种话他都能说得一本正经？赵莫离都不知道那是玩笑话还是认真的，"那你以前说不想跟我多接触，不会是因为你养的那只琉璃鸟惹你生气了吧？"她都不知道自己在说什么了，在服务员上餐前，起身说，"我去下洗手间。"

一进洗手间，赵莫离就忍不住给心理医生打电话，"魔镜啊魔镜，我像鸟吗？有人说我像他养的什么琉璃鸟。"

"等等。"过了一会儿，韩镜笑道，"我百度了下，琉璃鸟挺漂亮的。"

"……"赵莫离正经道，"我问你，人的态度突然毫无缘由地转变会是因为什么？"

"这么宽泛的问题你让我怎么回答你？你说毫无缘由，也许只是你没有看到而已。"韩镜从她语气里听出点端倪，"你好像心情不错？"

赵莫离其实都没发现自己心情不错，她听韩镜一说，才发现确实如此。

她想，世界上少一个讨厌自己的人，毕竟是件值得开心的事。

刚跟朋友走进日料店坐下的陆菲儿看到了不远处的蔚迟，不禁眼前一亮，对朋友说："我去去就回。"她的朋友一副见怪不怪的表情。

陆菲儿走到蔚迟旁边，落落大方地打招呼："嗨，我们是不是在哪里见过？"

蔚迟转头看她，"不曾。"

陆菲儿见桌上有两副餐具，继续微笑道："其实我是特意过来认识你的，我叫陆菲儿，介意把你电话号码给我吗？"

"菲儿？"

陆菲儿听到身后有人叫了她一声，她回头看到是赵莫离，脸上的表情刹那变得很奇怪——有惊喜又有心虚，然后三观不正的陆女王上前挽住了赵莫离的手臂，开心地叫了声："离离姐！"

赵莫离抬起另一只手拍了下她的额头，"你怎么就那么找打呢？"

"姐，你别打我呀，大庭广众之下多丢人。"陆菲儿松开赵莫离，退开了一步。

陆、赵两家是邻居，陆菲儿从小爱跟着赵莫离和韩镜玩，赵莫离很照顾她，但她又很有原则，如果陆菲儿做错事，赵莫离一定会不留情面地教训她。所以陆菲儿对赵莫离的感情是喜怕参半。

要说陆菲儿这种"怕"的情绪的最初起源是——陆菲儿小学的时候被高年级的同学敲诈，赵莫离帮她，双手抱胸，一点都不惧怕恶势力，跟那群高年级的人说：你们要么一次性把我打死，否则我一定回来整得你们哭回家去！

陆菲儿那时候就觉得，她姐也像混混，好在是站在她这边的"混混"。

赵莫离："看到帅哥就勾搭，你就不觉得丢人？"
蔚迟抿着大麦茶，看着她们。

陆菲儿知道自己的作风一直是身边的人批评的重点，虽然她声明过，她不是真要抢别人男朋友，她就是自恋、爱玩。再顺便帮别的女生试试她们的对象到底忠诚不忠诚——当然，这种理由也被赵莫离指责过。

陆菲儿记吃也记打，所以她立刻转移话题说："姐，你回来怎么也不跟我说一声？我昨天才听我妈说你回家了，正想找一天去你家串门找你呢。"

"你那么忙，还有空找我？"

"我错了还不行嘛，我不知道他是你男朋友。"陆菲儿最怕赵莫离的似笑非笑，"我朋友在那边，我——"

赵莫离看了眼蔚迟，说明道："他不是我男朋友。"

"Really？那我还有机会吗？"

"那得看对方愿不愿意给了。"赵莫离觉得越说越不知所谓了，便朝陆菲儿挥了下手道，"找你朋友去吧。"

等陆菲儿一走，赵莫离坐下后问："蔚先生，看我教育妹妹很好看吗？"

"有一点。"

"……"就说自己的直觉挺准。

点的东西陆续被送上来，莫离便开始心无杂念地品尝美食。

“你刚才说，得看我愿不愿意给机会是吗？你可以替我告诉她，不愿意。”

平实的一句陈述，让赵莫离刚喝进嘴里的茶水差点喷出来。

“蔚先生讲话还真是一如既往的一针见血。”

“我以为这是尊重。”

也是，没有意向就不欲擒故纵，也没有当面拒绝，而是让她转达。

“那蔚先生当初跟我说不想跟我多接触，跟踪我，是尊重？”

“你不一样。”

“……”什么意思？我不是值得尊重的人？

蔚迟拿起玻璃茶壶，帮赵莫离的茶杯斟满。在灯光下，他的手白净如玉，加上手指修长，特别养眼，所以赵莫离下意识多看了两眼。

“喜欢我的手？”

“……”这人是在……撩拨她呢还是咋地？都说女人心海底针，要赵莫离说，这位蔚先生的心才真是海底针。而她竟然就被这么一句不轻佻也不亲昵的提问给弄得心脏跳快了一拍。这种感觉，莫离后来每次想起来都有些似曾相识。

10

白晓看着在阳台上打电话的李若非，他已经陪了她三天，除了陪她去看心理医生，就是带她去散步、聊天，甚至今天还带她去了她小时候住过的小区，但她除了想起父母心里难过之外，没有别的感受。

她明白李若非在努力帮她，她很感动，但是——

厨房上锁是怎么回事？

把她买的香薰蜡烛都扔了又是为什么？还有家里的火柴、打火机也都丢了。万一家里断电怎么办？

不行，她得好好说说李若非不可，小心谨慎是好，但矫枉过正到浪费糟蹋东西就不好了。

李若非打完电话进来，"走吧，带你去诊所。"

"哦。"

"有话要跟我说？"

白晓："唔，若非你好像又帅了。"

心理诊所在市中心，车子难停，在周围绕了两圈没找到车位，白晓眼看快迟到了，便跟李若非说她先上去，李若非却不放心让她一个人去。

白晓心里暖洋洋的，"若非，我不可能一辈子这样过的，再说，二十多年来我都没有真出事，我不会有事的。"

李若非考虑一番后，说："好，我看着你进去。"

就这样，白晓独自进了大楼。在走进电梯前，她眼前忽然一片模糊，她直觉知道那人要出来了。

她想跑回去找若非，但身体完全不听使唤，也发不出声，下一瞬，她的意识就陷入了空白中。

白鹭看了眼四周，然后打开大楼的后门走了出去。

她走了一会儿，发现前方马路上人群躁动，隐约看到火光和烟雾，她依稀听到有人在喊："着火了！"

她快步走过去，跟一些匆匆跑离火灾的人错身而过。突然一声巨响，地面都被震动，她看到商厦的三四层已被大火吞噬，浓烟滚滚。大楼里时不时有人惊恐哭叫着跑出来。

白鹭听到有人在忧心忡忡地喊："天哪！上面的那些人该怎么办啊？！他们还跑得下来吗？"

"安全通道应该还没烧着！"

唐小年也在跑向发生火灾的商厦，边跑边忍不住骂："还真的发生火灾了！靠！"这时电话响起，他气喘吁吁地接听，"老板？"

"你在哪儿？"

"她跑了，我在追她！"

"管好你自己。"

电话里传来一阵嘈杂声后断了线。

唐小年刚跑到着火的大楼前方，就看到了白鹭趁乱跑进楼里的身影，有人看到她，不由叫喊道："喂！你别进去啊！等消防员来！"

唐小年以前对蔚迟的话还是有点将信将疑的，但看着白鹭的行为他终于信了。

自杀的人进去了简直是必死无疑。他刚要追进去，心想着就算救不了她，也许可以帮到其他人，但他心里有数，如果一二层楼找不到人他就出来，他还有奶奶和夏初，不会盲目逞英雄。

但唐小年却被人抓住了肩膀，抓住他的正是李若非。

"我的天！"白晓看着眼前弥漫的黑烟快哭了，她连忙弯下腰要往楼道口逃命，却隐约看到边上不远处有人一动不动地倒在地上。

她捂住口鼻跑过去，是个四五十岁的阿姨，明显是被烟呛晕了。因为对方太重，白晓扶不起她，只能拖着人往烟少的地方去，随后迅速给她做心外压和人工呼吸。好在那阿姨吸入的烟不多，很快醒转过来，白晓扶起她说："阿姨，保持清醒，我们得赶紧跑出去！"

对方害怕而无力地点头。

"尽可能地弯腰低头，用衣服捂住口鼻。"白晓说完这句，突然就停住了。

白鹭："不想死就快点跑。"

生死关头那阿姨哪还能留意到对方态度突变，踉跄着就往楼梯口逃去，也没看救她的人有没有跟上来。

白鹭回身，走进了一间看似是储藏室的房间，关门上了锁之后坐在地上。

白晓感到呼吸越来越困难，浑身无力而难受，她看到天花板已经被大火烧穿，火势一下蹿进了房间。她听到有玻璃爆裂的声音，消防车的声音，也不知道是不是她的错觉，在这么悲伤而绝望的时候，她仿佛听到了若非在叫她，让她的心里有了一丝光亮。但她眼前却越来越黑暗，之后再也听不到丝毫声响。

一片漆黑中，她看到有人朝她走来，是白鹭。

白晓：白鹭！我不想死……

白鹭：这由不得你。

白晓：有位国外的名人说过，人生并非游戏，因此我们没有权利随意放弃它。我没有，你也没有！

白鹭：有位中国的名人也说过，死去犹能作鬼雄。

白晓：鬼雄什么啊鬼雄！死了就什么都没了！想想这世界上的美好，活着才能经历到啊。

白鹭：美好？你刚刚救的人，完全不管你死活就跑了。

白晓：那是人家吓坏了。我们出去吧，我求求你了，如果我……我们死了，家人朋友会很伤心的。

白鹭：家人？呵……谁会真正伤心？既然都要死了，那我也不怕帮你记起来，我们的妈妈不是自杀的，是被我们杀的。

白晓下意识排斥去想妈妈的事情：不！不是的！

白鹭：妈妈想淹死我们，我们拿剪刀刺了她。你想起来了吗？

白晓确实想起来了——

她妈妈总是喜怒无常，那天又哭又打地把她拖进浴室想淹死她，她昏了过去。醒过来的时候，只见妈妈坐在浴缸边上，腹部插着把剪刀，鲜血直流，她哭着对她说，我的乖女儿，我对不起你。

而自己的手正握着剪刀。

白晓流着眼泪说：我不想妈妈死的……我不想她死……我不是故意的。

白鹭：你何必为她哭？她又不爱我们，连最应该爱我们的人，都不爱我们。

白晓：妈妈她爱我，她只是病了。

白鹭：自欺欺人。

白晓：自欺欺人的是你！你不是讨厌妈妈，你是愧疚！因为是你……是我们害死了她！你愧疚，所以你想死！

白鹭沉默了下来。

白晓：就算妈妈不爱我们又怎么样？没人愿意收养我们又怎么样？在孤儿院被人欺负又怎么样？世上人那么多，总会有爱我们的人……我相信，老天爷不会对一个人从头坏到尾……我们出去好不好？

白鹭依然不为所动地看着白晓：即使我想，也动不了了。你还是跟我一起解脱了吧。

白晓感到无比悲伤：……真的要死在这里了吗？我死了，若非会不会很快就忘了我……我说要跟他过一辈子的，这下子，他是肯定不信我了。

她模模糊糊地想起妈妈给她盖被子时唱的歌：我有一个幸福的家，幸福的家，家有帅帅的爸爸，漂亮的妈妈，还有一个可爱的乖娃娃。我有一个幸福的家，幸福的家，爸爸爱妈妈，妈妈爱爸爸，爸爸妈妈疼爱乖娃娃……

她只是想要一个家而已。

不，不行，她不能死，她说过要跟若非过一辈子的，她不能言而无信。

白晓挣扎着睁开眼，这时门突然被人猛地踹开。

她模模糊糊看到一道熟悉的身影朝她跑来，像梦又不似梦。

等白晓再次醒过来时，已经是火灾过后的隔天。

而这两天里，她好像从头活了一遍，她梦到小时候爸爸一笔一画教她写字，梦到爸爸离开她跟妈妈去了她们找不到的地方，梦到妈妈给她织毛衣，梦到自己考试考了第一名，梦到若非问她愿不愿意嫁给他……

白鹭：他说，要跟你生同衾，死同穴……

白晓依稀知道白鹭在说什么，那天她虽然很快又陷入了昏迷中，却依然听到了白鹭说的话："李若非，你为什么要来？你不怕死吗？"

白晓：白鹭，我们不死了好不好？

白鹭：我一直觉得你傻。

白晓：……

白鹭：你始终相信，活着终归会遇到好事，然后把以前的悲伤冲淡。虽然我还是觉得你傻，但也许，你是对的。

白晓感觉得出来，白鹭不会再想死了。

白鹭：我不会再带你去死。

白晓：真的？！好，你要言而有信，我们一起好好活着。

白鹭：我累了，想休息了。

白晓：什么意思？

白鹭：说你傻，还真的是傻。我要走了。

白晓：……

白鹭：怎么不是一脸开心？你不是一直希望我走吗？

白晓：白鹭……是你一直在保护我。谢谢你……这么多年来，承担了我的自私，我的愧疚，我的痛苦……

白鹭：呵……我不会再保护你了，也不会再害你。现在的你应该都可以承受了，哪怕你自己无法承受，也有人肯替你分担了。胆小鬼，再见了。不对，是永不再见了。

白晓流着眼泪睁开眼，她看到李若非坐在边上，然后她看到他的右手臂被灼烧了一大块，涂着药水，看起来异常惊心，她眼泪又流得更凶了。

李若非抽纸巾擦去她的眼泪，"哭什么？我们又没死。"

"对不起，对不起，对不起……"

"我不是说了，别再跟我说对不起吗？"

"……"对不起，对不起，对不起……

"心里也别说。"

"⋯⋯"白晓止住眼泪，抓住李若非没受伤的手，"若非，有两件事，我要告诉你，第一件，我不会再死了，更不会再害你受伤。"因为看到你受伤比自己受伤还痛苦，"第二件，我想起来了⋯⋯我妈妈，她是被我害死的⋯⋯你，你还要不要我？"她必须得说清楚，问清楚，这样的自己，若非还要不要？

李若非："你的过去我无法参与，我很抱歉。但未来的每一天，我会一直陪着你。我说过'生死不离'，我李若非说过的承诺，永远不会违背，除非我死。"

11 番外：第三重人格

这天，李若非下班刚进家门，就见白晓跷着二郎腿在看《动物世界》。

他隐约觉得有点不对劲，解开脖子上的围巾慢慢走过去，"晚上想吃什么？"

向羽（白晓）扭头看他，咧嘴一笑，"肉。"

李若非闭了闭眼睛，吐出一口气，"你是谁？"

"行不更名坐不改姓，向羽。"

李若非觉得自己的太阳穴一阵阵抽痛，心说，我还刘邦呢。

"哥们儿，有烟吗？"

"没。"

"你这人真没意思。"白晓，哦，不对，应该是向羽又问，"那有爱情动作片吗？"

"没。"

向羽一副受不了的表情，"你不是有电脑吗？给我下载，我不怎么会用。"他很诚实。

李若非冷笑，"凭什么？"

向羽说："凭你爱我啊，好了，客套话不多说了，说正经的，我好不容易终于能出来透透气，就想大吃大喝大爽一番，为了避免我不爽裸奔，你最好满足我的所有要求。"

李若非没犹豫，转身去拿电脑下片了。向羽凑到他边上翘首以盼，嘴上说着："本来呢，隔靴搔痒，我是不屑的，但是你也懂的，我喜欢妹子，可是力不从心啊，只能退而求其次来爽爽了。"

李若非懒得回，等终于下好了一部爱情动作片，他点开，两条赤裸裸的身影在屏幕上显现，他刚要把屏幕转向向羽，就听到一声惊讶声："若、若非……"

李若非的背僵了下，回头看白晓。

白晓小声道："若非，我有点饿了，要不，先吃饭，你再娱乐？"

李若非："……"

晚上，李若非洗完澡从浴室出来，就听到一声响亮的口哨声："身材真不错！"

李若非脸色一沉，本来只用浴巾围着下半身，旋即回头去拿了浴袍穿上，并说道："你，睡客房去。"

"凭什么让老子睡客房，你去！"

李若非坐到床上，看着自己心爱的人，换了灵魂说出这种糙话，他忍不住又抚额。

"自己走，还是我扔你出去？"

"这么娇滴滴的肉体，你舍得扔？"说着就怒扑过来，把李若非压在身下，想抽这目中无人的小子两巴掌。

李若非钳制住对方手腕，忍无可忍，想将其甩出去，但是对着那张脸，他又下不去手，只能冷冰冰地道："滚。"

白晓眨眼，再眨眼，"滚？"

李若非："……"

向羽第三次出现，是周六傍晚李若非带白晓出去看电影时。

他一出现，李若非立刻带人出了电影院，进了旁边一家烤肉店，招来服务员，"上肉！牛羊猪鸡鸭都上两盘。"

等站边上的服务员将肉烤熟后，李若非又命令道："吃。"

向羽自然大吃特吃。

边上服务员心说：这是把女朋友当猪养吗？

等向羽饱食餍足之后，李若非又拽起他驱车去了一家同性恋酒吧。

一进去，李若非拉着向羽直直走到一位花枝招展的美女边上，指着向羽问美女："你觉得她如何？"

美女虽然觉得这情况有点诡异，但看着那秀气窈窕、楚楚可人的姑娘，她又很中意，便说："我喜欢。"说着勾引地一笑，"晚上跟我过？"

李若非冷声道："没有一夜情。"

美女："帅哥，你不如去找自己的伴儿，我陪她就成了。"

李若非："我说了，没有一夜情，我是她老公。"

美女："什么情况啊到底？"

李若非："你陪她坐一会儿，可以让她……摸摸手，但不能亲吻，更不能上床。我就在边上。你可以提你的要求，如果你不乐意，觉得冒犯，我道歉。"

美女愣了好一会儿，才扑哧笑出来，"有意思。老公在边上看老婆泡妞，这么重口的玩法我还没试过。我接受。"

李若非看着俩美女凑一起说说笑笑，摸来摸去，忍了又忍，终于忍不住了，问："够了吗？"

向羽："真的不能亲？"

李若非黑着脸，"不能。"

向羽："就亲一口。"

"我说了不能！"李若非站起身，意思是差不多可以了。

边上美女看得兴致盎然，咯咯直笑。

向羽看向美女，情意绵绵道："美女，今生有幸遇到你，是我的福气，但我们注定无缘走到一起，祝你幸福。"

谁知后一秒，美女就亲了上来。

李若非的脸当即黑成炭了，他拉起向羽就走。等两人走出酒吧，向羽一副称心称意的表情，"美女主动献吻，回味无穷啊。"然后看着李若非说，"谢谢你了，虽然你的出发点是让我消失……你倒是真聪明。"说着想起往昔，一副遥想当年状，"以前在孤儿院的时候，几乎都没肉吃。偶尔有人送些好吃的好玩的来，女孩子总抢不过男孩子，小的抢不过大的。表面上大家都听话，私底下多的是以大欺小恃强凌弱。我的愿望就是有一天，可以痛痛快快吃肉，可以保护女孩子。"

李若非："你那行径是保护？不是泡？"

"话不能这么说，对待女孩子最好的方式，不就是爱她、宠她、抱她、吻她、上她吗？"向羽语重心长地关照，"好好保护她。”

李若非：“用得着你说。”

两人对视了一会儿。

向羽还是没走，叹了一声说：“唉，刚刚的姑娘虽然很漂亮，但并不是我的梦中情人，所以还是有那么一点点的不满足——我的梦中情人，应该再潇洒一点，高挑一点，就像雪中的蜡梅花，迎风而立，对我微微一笑，让我一亲芳泽，我就圆满了。”

李若非：“没完没了了是吧？”

向羽：“啧。”

李若非带着白晓从酒吧里出来。

白晓：“所以说，向羽走了？不会再来了？”

“应该是。你还想他来？”

白晓不敢说，她还挺喜欢向羽的，她不禁又想起了白鹭。

“若非，火灾那天，你怎么会知道白鹭跑去了着火的大楼里？”

李若非没有对她隐瞒，“有人跟我说‘你’要烧死自己。”本来他在她的手机里装了跟踪系统，但那天她手机恰好落在了车上。他在下车后听到有人说有地方着火了，直觉就跑向了那里——哪怕他觉得唐小年的话像胡诌，但他也不敢冒一点险。事实证明，那人说的竟是真的。

"是谁说的？"白晓好奇，"难道是白鹭跟什么人说过什么？"

"也许吧。"他想不到其他可能。

第四章
不负时光与你（中）

[04]

1

蔚迟沉睡不醒，他如飘入云海，脑海中的色彩渐渐淡去，只剩一片空白，他想抓住点什么，破云却不得，脑子里越来越空，也越来越疼，而他越想抓住就越疼，像要炸开。

赵莫离这几天身心俱疲，趁着午休时间靠在床边打着盹，半睡半醒间感觉额边有丝凉意。

她睁开眼，发现病床上躺了一周的人正看着她，手指碰着她的额头。

"醒了？"她如弹簧似的跳了起来，从口袋里拿出笔灯检查他眼底状况，确实已清醒，悬着的心终于落下。毕竟他是因救她而出事的——

谁会想到去买床上用品竟然会遇上火灾？！

她当时在四楼逛，火是从三楼烧上来的，伴着时不时的爆炸声，没过十分钟就烧至了顶楼六楼。因为四楼摆放的都是易燃物品，火铺天盖地烧了起来，简直让人无处可逃，她第一次感到离死亡那么近。

在她慌不择路地想跳楼时，看到有人穿过火海出现在她身前，拥住了她，她感到他浑身湿透冰凉，之后的事情她就不记得了。

等醒来才知道，蔚迟不光救了自己，甚至在救她前还救出了好几个人。

幸运的是，他没有受很严重的外伤，除了迟迟未醒。

好在，现在终于是醒过来了。赵莫离刚激动得要去叫他的主治医生来，手腕就被他牢牢抓住了。

"怎么了？蔚先生，我去找你的主治医生来给你看看。"

蔚迟直直地看着她，手上力道不减分毫。赵莫离不知道这是什么情况，也不敢使力摆脱他，只能走到床头按呼叫铃，而蔚迟的视线一直跟随她移动。

等医生的时候，赵莫离给他喂了点水。而蔚迟在喝水时，也是目不转睛地看着她。

等主治医生过来，给蔚迟做了检查，确定各项指标都没问题，除了问他话，他都没回，以及一直看着赵莫离之外。所以主治医生不免奇怪地问赵莫离："怎么了这是？"

莫离也正愁眉苦脸着呢，心说：我这不是等您查出来跟我说嘛。

"这可奇怪了，他脑部没受到撞击啊。再留院观察两天看看吧。"主治医生后面有手术，交代完就走了。

莫离回视那道"专一"的视线，她总觉得蔚迟的眼神不对，似乎太过纯粹和……依恋？她突然升起一种不好的预感："你知道自己是谁吧？"

这个问题之前主治医生也问过，他没答。赵莫离问后，他轻轻点了点头。他隐约记得自己的名字，他的故乡好像并不是这里，他只有一种感觉是清晰而强烈的，那就是，他之所以会在这里，是因为眼前这个人。

莫离长嘘一口气，"那你知道自己是怎么受伤的？知道我是谁吗？"

"你是我在这里的原因。"蔚迟因久未开口，声音有些嘶哑。

"是，是，你是因为救我才受伤住院的。"莫离惭愧道，随

后保证，"我会对你负责的。"她会负担他所有的治疗费用，直
到他康复为止。

"好。"

"对了，蔚先生，你的手机应该是落在火灾现场了，你有要
联系的人吗？我去帮你联系。"

"没有。"

"好吧……我给你买了些换洗的衣物，在桌上的袋子里。"

他看了一眼，说："谢谢。"

"还有唐小年，他来看过你。"看到唐小年的时候，赵莫
离还以为是他身体不舒服，因为他的复检时间还没到，没想到
他竟然是来看蔚迟的。更让她意外的是，唐小年现在在给蔚迟
工作。

赵莫离见蔚迟听她说唐小年没什么反应，看着自己依然被抓
着的手，面露无奈道："蔚先生，我现在得去工作了，你能松手
吗？我忙完了再来看你。"他的应对能力和智商看起来没有问
题，那到底哪里出问题了呢？还有，为什么拽的偏偏是她？难不
成是因为清醒过来第一眼看到的是她，雏鸟情结？

当赵莫离心里九转十八弯的时候，蔚迟也似在思考，最后他
松开了手。

在给隔壁床换吊瓶的护士忍俊不禁道："赵医生，这么秀色

可餐的帅哥那么含情脉脉地望着你，你怎么忍心舍他而去，你就请假陪他咯。"

赵莫离平时跟同事们说笑说习惯了，回说："是不太忍心。"毕竟是救命恩人，"我请假当然是可以，但一直被拽着没自由总不行哪。"她看向蔚迟，"原来，沟通起来你还挺明事理的嘛。"

蔚迟扯起唇，很淡的笑容一闪而过。

这还是赵莫离第一次看到这位表情稀少的蔚先生笑，只觉得有种春风拂面的感觉。

下午，赵莫离在工作的时候也时不时想起蔚迟。一想到火灾现场，他出现在她面前的画面，那时的震惊和心安便又涌上来，在心里百转千回。

等到下班后，她买了晚饭再次来到蔚迟的病房，刚到门口就看到他站在窗边，边上还站了个人。赵莫离想起来，是他隔壁床病者的女儿。

正要出门的护士走到赵莫离身边时小声说："周大爷的女儿貌似对蔚先生很感兴趣，我过来两次，都看到她在跟他说话。"

赵莫离说："挺好的啊。生病期间有人陪着聊聊天，不至于太无聊。"

她们明明说得很轻，但蔚迟就像听到了般转过身来。他看到赵莫离，就朝她走了过来。

赵莫离问："感觉好点了吗？"

蔚迟抓住了她的手，才说："挺好。"

赵莫离看着自己又失去自由的手，好什么好呀？这不还是不正常吗？

周小姐问道："医生，蔚先生的情况不严重吧？"

赵莫离回："不严重。"

蔚迟将她的脸轻轻摆正，看向自己，"我一直在等你。"

赵莫离："……"

周小姐："……"

赵莫离见周小姐明显不太高兴，跟她爸说了两句就去买饭了。

她倒也不在意，忙了一天，只想照顾完恩人后赶紧回家躺尸。

然而，等到蔚迟吃好晚饭，她发现他的"病情"更严重了——拉着她的衣角不让她回家。

"蔚先生，我保证明天天一亮就来看你。"

蔚迟摇头。

已经连说三次无果的赵莫离头大了，骑虎难下，她下了决定，"那行吧，我不回家了，就在这边陪夜，直到你出院。"为恩人赴汤蹈火，在所不辞，更何况只是陪夜而已。

　　蔚迟这才松开手，然后摸了下她的脸，好像是在表扬她似的。

　　赵莫离想起他曾说她像他养的琉璃鸟，"蔚先生，你不会又是把我当成你的宠物鸟了吧？"看他表情似乎忘记自己说过的这事了，她便补充说，"就是上次我跟你吃饭，你说我像你养的一只琉璃鸟。"

　　他听着，嘴角又扬起了笑，"那只琉璃鸟一定很讨我喜欢。"

　　"我想也是。"说完，赵莫离总觉得蔚迟这句话哪里不对。

　　当晚，赵莫离在折叠床上睡得很不舒服，翻来覆去好久才睡着。

　　隔天醒来发现自己睡在舒适度相对较好的病床上，而那个身长腿长的蔚先生，弯着膝盖侧躺在那张小床上。

　　蔚迟随之也睁开了眼睛，两人四目相对，赵莫离淡定地道了声"早"，翻身下床，然后她听到蔚迟说："我昨晚做梦，梦到你一直叫我的名字。"他不记得自己具体梦到了什么，只听到她痛苦的声音，以及遗留在他心口散不去的遗憾。

赵莫离不知道是因为外面阳光好，还是一早起来精神好，她心情挺好地看着已经坐起身的蔚迟调笑道："蔚先生，你这是日有所思夜有所梦？"

她没想到对方直接走了过来，他微低下头，拉住她的手，放在了他胸口的正中间。

赵莫离不明白这是什么意思。事实上，现在的蔚迟也说不上来自己为什么要这样做。所以直到很久以后，赵莫离才知道——这在他的家乡，代表着"愿替你承灾，保你安泰"之意。

但现在，赵莫离只觉得不太自在，一种说不清道不明的情绪因为这样的靠近而盘绕在心口，她忍不住感慨："蔚先生，你现在如此……呃，友好，等你恢复'正常'了，是不是就又会回到冷酷，直接甩开我走人呢？"

蔚迟不知道等他恢复"正常"后会怎么样，他只知道——"我不会让你有事的。"

这种话，还真是动人心弦，所以赵莫离非常真挚地感谢道："好吧，蔚先生，我的人身安全就靠你了。现在，我得去洗漱上班了，再不去就真要有事了。"

走出病房的莫离按着心口处咕哝："心跳速度得有120了吧。"

之后，赵莫离在医院里连陪了蔚迟两天，直到第三天，蔚迟的主治医生说他可以出院了。

赵莫离又高兴，又郁闷，她去找了主治医生谈话。

"怎么可能没问题呢？他以前的性情不是这样的。"

主治医生说："该做的检查我们都做了。至于你说的他性情转变的问题，你也说你对他不是很熟。我们也联系不到他的家人，无法确定他本来的性情如何，说不定他原本就是这样的人。而他知道自己的名字，也认识你，常识、知识他都知道。我看不出哪里有问题。行了，出院吧。"

领导都这么说了，还能赖着不成。

于是，赵莫离帮蔚迟收拾了东西办了出院手续。

她看着身边自觉地拎着行李袋跟着她走的人，想起前一刻两人的交谈——

"蔚先生，我送你回家。"

"你呢？"

"……我送你回去后，回自己家。"

他想了想抓住了她的手，意思不言而喻。

路过的医生说："赵医生，带你家蔚先生出院了？"

这几天下来，她的同事都认定了她跟蔚迟之间关系非比一般，碰到她总会聊上一两句蔚迟，什么"你家蔚先生明明看起来挺高冷的，怎么会这么黏你呢"，她也想知道啊！还有"什么时候跟你家蔚先生结婚，分糖给我们吃"，他们连情侣都不是好吗？最让她吃惊的是，有同事跟她说："赵医生，你之前说有人会替你捐款给唐小年，没想到这个'有人'就是你家蔚先生啊。你家蔚先生真的不错。"她当时都不知道该怎么反应了。

总之诸如此类不胜枚举。

赵莫离听得多了，也就听之任之了。

2

赵莫离清楚，比起同事，接下去家里人的反应肯定有过之而无不及。

果然赵家的保姆阿姨一见赵莫离牵着一个相貌打眼的男人进门，就惊讶得下巴差点掉地上，"这位是？"

赵莫离赶紧说明："阿姨，他是我朋友，呃，他病了，在他好之前，住在我们家里。您多多照顾哈。"

看这手牵手的样子，怎么可能是朋友呢？

阿姨想拉赵莫离去边上私聊，却见那男子不松手，只好作罢，"好，等会儿我去收拾客房。"然后小声对赵莫离说，"你爸出差去了，说是后天回来……你自己想想回头怎么跟他说吧，估计又要给你脸色看了。"

赵莫离没有跟家里人说火灾的事情，可能是自立自强惯了，遇到问题就自己想办法解决，有惊无险的事更不会跟家里人报备。

她笑眯眯道："没事，我有张良计。"等她爸回来，如果他态度不好，她就把自己险些遇难的事跟他说了，让他知道他差点就见不到他闺女了，所以有生之年一定要好好对她，然后着重歌颂下蔚先生的英雄行为，最后跟富豪赵某帮救命恩人狠狠敲一笔感谢费。简直完美。

晚上，陆菲儿来找赵莫离，看到蔚迟，就惊叫道："离离姐，你还说他不是你男朋友？！都带回家里来了。"

赵莫离懒得理她，去厨房边看阿姨做晚饭边给韩镜打电话。

蔚迟坐在沙发上，望着厨房不知在想什么。

陆菲儿花痴道："如果你不是离离姐的男朋友，我一定追你。我在跟你说话呢，你能看着我吗？这是礼貌。"

蔚迟这才看向陆菲儿，"你是谁？"

"你开玩笑吧？我们前不久刚见过面。"对自己长相很有自信的陆菲儿大受打击。

"忘了。"

陆菲儿极度不满地去找赵莫离抱怨："你男朋友欺负我。"

赵莫离听到有人帮她教训不靠谱的妹妹，都没在意她的主语，只开心地说："哦，真的啊。"

保姆阿姨心说：看吧，果然是男朋友。

最终陆菲儿败兴而归。

而阿姨在观察了蔚迟一晚上后，得出结论：年轻人话极少，但人算有礼貌，样子没得说，就是跟莫离跟得太紧了。

莫离去花园里浇花他跟着，吃饭也坐在离她最近的位子上，她去散步他自然也跟着去，而莫离一副习以为常的样子。

阿姨心说：热恋期吧这是，都形影不离了。

第二天赵莫离起来，看到蔚迟站在她房门口，她瞪大眼睛问："你别告诉我你在这儿站了一晚上？"

他摇头。

赵莫离噔噔噔跑下楼找阿姨问："阿姨，你一早起来有看到蔚先生站我房门口吗？"

"怎么没有？"阿姨一直在等着莫离起来跟她说呢，"他起得比我还早，我跟他说你休息日起床晚，让他下楼来等，我做早饭给他吃，他说'不用，谢谢'，我劝了几次他都不动，就只好随他去了。"

莫离想到阿姨通常六七点就起来了，而现在都快九点了。

哪怕自己其实没做错什么，她依然生出一股愧疚感来，还有一点心疼——"反正我房间大，今晚开始让他睡我房里得了。"他是没康复的病人，她就当跟在医院里一样陪夜吧，也就是在房里多打张地铺的事儿。

这是要"同房"了？保守的阿姨反对道："那怎么行呢？"

"为什么不行？"安静地站在厨房门外的蔚迟问道，他的语气仿佛他们住一间房是天经地义似的。

阿姨都不知道该怎么说了，这个年轻人她挺中意的，只不过——有这么大还这么缠人的吗？

莫离道："没事的阿姨，我有分寸。"

阿姨心说：关键是男的有没有分寸啊？

吃过午饭后，莫离带蔚迟去找了韩镜，她昨天跟韩镜约好了带人去看病——如果说身体没问题，那就是心理了。

韩镜之前在蔚迟昏迷期间，去看过劫后余生的赵莫离，自然也去看了下蔚迟——

"我没记错的话，他就是你曾说过的，让你感到'失宠'的那个毛衣男子吧？现在他又救了你？你们这缘分可以啊。"

莫离那时心事重重，对韩镜的话只是一笑了之。

而这天，韩镜看到蔚迟便说："蔚先生，太谢谢你救了我家莫离。"他说的时候，手习以为常地搭在了莫离的肩上。

蔚迟看着韩镜的手，然后，他伸手把他的手拿了下来，也感谢说："多谢。"

莫离："……"

韩镜看着莫离揶揄道："怎么？看你的样子，好像还挺享受他对你在电话里面跟我说的'过分在意'的？那还治什么治呢？带回家好好享受着不就完了。"

莫离摸了下自己的脸，还真是嘴角上扬的，她气定神闲道："让你看你就看。"

然而这天，一番诊治下来，韩镜却摇头说："他说话很简短、直白，听不出什么问题，但也问不出什么。我想对他催眠，也没成功。"

"你催眠不了他？"

"他内心防御性很强。"

莫离看向身边一脸无害的人，"他防御性强？"

于是，这一条路也没走通。

而莫离终于体会到蔚迟不仅防御性强，还特别有攻击性。当天两人从一家藏在深巷里的私房菜馆出来——这是莫离常光顾的店，两人吃好走出院子，外面已是薄暮冥冥。

　　莫离跟着蔚迟要穿过巷子，有两个年轻小伙子从另一条小路上拐过来跟在他们身后走，两人似乎喝了酒，大着舌头说着话，说了两句，突然朝莫离喊："前面的小妞，转过身来给我们哥俩笑一个，让我们看看美不美？"

　　"是啊，转过来。"

　　"……"赵莫离暗道，不跟酒鬼一般见识。

　　结果其中一个直接快步上来要摸她屁股，几乎是瞬间，蔚迟就抓住了那人的手腕，用力一拧，那人就跪在了地上嗷嗷叫。他的同伴跑上来要救他，被蔚迟不知道一掌打在哪儿，直接昏厥了过去。

　　还清醒的那个人口无遮拦地大骂："他妈的，放开我，老子想碰你女人怎么了？！老子还想——啊！"

　　莫离看到那个要摸她屁股的人被蔚迟掐住脖子，按在弄堂的墙上苟延残喘，那狠劲几乎是要置人于死地。

　　莫离被吓到了——怕那人真一命呜呼，她恩人就得进监狱了，她连忙去拉蔚迟的手，"可以了，可以了，可不能真杀人呀。"上次医院医闹那次，他出手远没那么狠啊。

灰暗的光线下，莫离看到蔚迟脸色一片冰冷，她微微一愣，似曾相识的感觉涌上来，她惊喜道："你恢复正常了？！"

蔚迟转头看她。

脸上的寒霜不变，但看向她的目光眷然依旧。

"好吧，还没……"

但蔚迟总算放了手，而那个人被吓得显然不轻，拖起同伴跌跌撞撞地跑了。

莫离心有余悸地拉住蔚迟问："你怎么样？没事吧？"

他摇头，抓住她的手走出弄堂。

莫离一直看着他，她的心脏依然跳得很快，但已经不是因为慌张害怕。

一个人，三番四次地救自己，为什么？她看不透蔚迟，但可以肯定的是，她从未在他身上感受到过丝毫的"恶意"，哪怕是他对她冷言冷语的时候。

一直若隐若现萦绕在心间的情愫渐渐明晰起来，莫离想，人的心真是难以预测，可再去想，一切似乎又是水到渠成，顺理成章。

她悄悄握紧了一点抓着自己的手，感觉好极了。

"蔚先生，我活到现在，没谈过恋爱，因为在没有遇到真心喜欢的人之前，我不想欺骗于我生命只是过客的人，更不想对不起我将来想要相守一辈子的爱人。"

蔚迟停下脚步看向她。

"不管你是因为什么原因来到我身边，我已经找到了我的答案。"哪怕他将来完全恢复后，她可能会被漠视，但她想，不管他是什么状态，他都是蔚迟。所以无论将来他变成什么样，只要他不是一点余地都不给她留，她再追他就是了。追到算她的，追不到……大不了就认输。她一向干脆。

"我喜欢你，蔚先生。"弯月透过稀薄的云层露出脸来，云月之下，眉眼弯弯的莫离看着眼前的人表白。

蔚迟微微敛下眼睑。

"哎呀，蔚先生难道是害羞了？"

"是。"

莫离："……"蔚迟在感情方面还真的是……纯粹直白到让她那颗如磐石般的老心脏时不时悸动啊。

3

阿姨看了眼十指相扣进门来的两人，说只是朋友打死她都不信啊。

　　一夜"同房"后，莫离醒来，发现蔚迟早已醒了，正坐在床边看她。

　　莫离觉得一睁眼就被人如此看着，心脏还真有些无法负荷，她坐起来，拉住他的手问："起那么早，是地铺睡得不舒服吗？委屈你了，今天去给你买张床来。"

　　蔚迟摇头，轻声说："不委屈。"

　　"……"莫离却生出一种欺负人的感觉，"咳，那不买床，以后就干脆跟我睡一张算了。"她说这种话的时候，一点也不难为情。心里似有蝴蝶在挥动翅膀，还挺高兴。

　　莫离觉得，自己真的挺中意蔚先生的，看着他，心里如暖阳普照。

　　她把脖子上一直挂着的玉拿下来，放进他手里，"这是我妈给我的，说等我以后遇到让我高兴、想跟他一起吃好吃的、想牵手过小日子的人时，就送给对方。我妈给我的时候，我才十岁呢，我妈也是够思想开放的。总之，我现在把它给你了。"

　　赵莫离认定了谁，就会明明白白、全心全意地待那个人。

　　"饿了吧？走，起来吃早饭去。"

　　蔚迟淡淡笑着，"好。"

　　两人先后洗漱完，刚要走出房间，就听到敲门声，莫离打开门，就看到阿姨焦急的脸。

"离离，你爸回来了，正在楼下打电话呢……"阿姨说着，看了眼她后面的蔚迟，"你想好怎么跟你爸说了吗？"

"咦，阿姨，我昨晚没跟你说吗？我跟蔚先生在一起了。"

阿姨："……"

莫离半开玩笑地说："至于我爸那边，我这么说您看行吗——他是我救命恩人，我打算以身相许。"

阿姨："……"

"赵莫离，你给我下来！"楼下赵红卫打完电话，抬头就看见了自己女儿房门口站着个男人。

莫离转头跟蔚迟说："我爸脾气不好又犟，我先跟他去聊聊，消耗些他的火力，再介绍他给你认识。"

蔚迟朝她一笑，听话地说："好。"

莫离走前又小声跟他说了句："蔚先生，你有没有发现，我们名字都很配，你不迟到，我不离开，我们总会走到一起。寓意真好。"

她说完便向楼下走去，边走边想着怎么说能让她爸最快接受她的决定。

没注意到身后的蔚迟慢慢皱紧了眉头，表情渐渐地痛苦起来。

"蔚先生，你觉不觉得我们俩的名字很配呢？你不迟到，我不离开，我们总会遇到。"

"蔚先生，我喜欢你。"

"蔚先生，你好像很不想跟我多接触？"

"如果你也是一个人，要不一起吃？"

……

脑中曾丢失的画面逐一想起，他竟一下子有些分不清哪些是真实发生的，哪些不是。

莫离刚下楼，赵红卫就压着怒气严肃地盘问："认识多久了？"

"没多久。"

"他做什么的，家里干什么的？"

阿姨站在楼梯中间紧张地看着，也不敢过去插话。须臾却见蔚迟从身边走过，下了楼去。

"爸，虽然你的门当户对有一定的现实意义，但在我这边，永远是感情至上。我如果喜欢一个人，他哪怕是分文没有，哪怕是身患不治之症，我都会跟他在一起。我喜欢的人，他叫蔚迟，想到他，看到他，会喜悦，会对生活有向往，这是我想要的，我想跟他在一起……"

"抱歉。"蔚迟清冷的声音传来。

莫离转头看去，刚要上去拉他过来，但对上那双凉薄的双眼，敏锐的直觉让她停住了脚步。

然后莫离听到他清楚而缓慢地说："这段时间我身体出状况，谢谢赵医生对我的照顾，我很感谢。除此之外，我对赵医生没有别的想法。"之后他看向莫离说，"赵小姐，如果我让你误会了，我向你道歉。"他想了下，又补充道，"回头我会把你这次慷慨帮助的感谢费用寄去你单位。"

莫离发现自己在他说这一长串话时，一直屏着呼吸，此刻缓缓呼吸了一次，"不用了。"

蔚迟对她的回复没再表态，眼神从她身上移开，说了声"多有打搅"便走出了赵家。

莫离木然地站在那儿，浑身发冷。她昨晚想过很多种他恢复之后会是怎么样的态度，却没有一种是这样不带感情的。

她想，自己也不过是才确定自己的心意，才开始投入感情，为什么一切都才开始而已，却感觉到了那么明显的痛心？

走出赵家的蔚迟，按着额头缓步前行，脸色惨白，神色冰凉。

刚才恢复的那一瞬间，他竟然觉得，倒不如不好。

"蔚迟。"莫离在后面叫住了他，她的声音显得有些僵硬。

蔚迟停了下来，但没有回身。

"我并不求你现在就接受我——"

"对不起。"

莫离苦笑，还真是一点余地都不给啊。

第五章
云深不知处

[·05·]

1

半个月后。

赵莫离站在一棵美人树下面，看着雪从天空中飘飘悠悠地落下来。

朝她走来的韩镜说："怎么不先进去，站外面不冷吗？"

"还行。"

两人走进一家画廊，韩镜又说："这么冷的天叫你出来帮我选礼物，哥也很过意不去，等会儿想吃什么，哥都请你吃。"

莫离报了一家餐厅名，以浪漫和价高出名。

"那是情侣聚集地，求婚热门场所，你这是想在年前把终身大事解决了好过年？"

"不好意思，你想多了，我今天心情好，就是想吃贵的。"说完莫离嫣然一笑。

韩镜却没从她心不在焉的表情上看出来心情好，对此他没说什么，只慷慨道："行吧，我就当破财消灾了。"

两人买完画出来，各自上了车朝吃饭的地方开去，而莫离没开多久，却看到了夏初，拎着一袋东西在路口拦出租车。她没多想就停下了车，摇下车窗叫她："夏初，要去哪儿？我带你。"

夏初看到竟然是认识的医生，"赵医生，我要去郊区，很远的。"

"没事，上车吧，这边不好久停。"

夏初没再迟疑，上了车。莫离问清具体地址后，给韩镜打了电话，告诉他临时有事，大餐只能留着下次吃了。等她挂了电话，夏初不好意思道："赵医生，害你把约会取消了，对不起啊。"

"这有什么，饭随时可以吃。还有，在外面就不用叫医生了，叫我名字就行，我叫赵莫离。"

"那我叫你……离离姐吧？"

"行啊。"

等车开到养老院，雪下得正大，如絮纷飞。

因为莫离在车上问明了夏初是来看唐小年的奶奶后，她没有马上离开，而是下车同进了养老院。而她怎么也没想到，竟然会因此碰到蔚迟。

在她走进唐奶奶房间的时候，就看到了长身而立站在床尾处的蔚迟。她的呼吸不禁一顿，下意识就握紧了手。

蔚迟转过头来，距离上次他说完那番话离开，也才过去十几天而已，莫离却有种恍如隔世的感觉。

"小年，是离离姐送我过来的。"

莫离听到夏初的声音，才觉自己像傻瓜一样傻站着不动，她见蔚迟依然看着她，便转开了头。

唐小年对赵莫离一直挺敬重的，哪怕她看起来比他大不了几岁，"谢谢你，赵医生。"

莫离对唐小年一笑说："路上夏初已经跟我道了好几次谢了。"

随之她发现唐奶奶的状况似乎不太好，正絮絮叨叨说着话："云深哥哥什么时候来呢？佩姨说云深哥哥今天会回来，可都这时候了，怎么还不来呢？"

唐奶奶虽然已是白发苍苍，但眼睛依然黑白分明，清透明亮。

唐小年抓住奶奶的手，问："奶奶，云深是谁？"

老人却沉浸在自己的世界里，"云深哥哥终于来了，我要去把含笑送给他，希望他喜欢。"

"奶奶。"唐小年又唤了一声，老人却始终没回他的话。

莫离走到唐小年身边说："奶奶是AD患者吧，她说什么，就尽量顺着她说吧，别让她感到焦躁不安。"

唐小年说了声谢谢，又跟奶奶说："奶奶，你跟云深哥哥说什么了？"

"云深哥哥喊我起月。"老人就像小姑娘一般，露出开心满足的笑容。

起月？云深？

莫离隐隐觉得自己在哪里听人提到过这两个名字，但一时又想不起来。

"好，起月，今天你穿得那么漂亮，我们拍张照好吗？"唐小年哄道。

老人却摇头，"不拍不拍。"

莫离想老人的医生应该都关照过要注意的地方，她也不再多说，看小年和夏初一门心思地陪着老人聊天，本来就不欲久留的莫离告辞。

夏初说："离离姐，你这就要走了吗？你送我过来饭都没吃，在这边吃了再走吧？"

"不了，我还有事。"

有事要走，夏初也不好再留人，而唐小年再度道了声谢。

在莫离走出房间时，她听到唐小年跟蔚迟说："老板，对不起，今天让你白来一趟了。"

"她情况好转了，你再给我打电话。"

熟悉的声音敲入心脏，有些许不好受，莫离却习惯性低头笑了下。

走出养老院时，莫离因为心神恍惚，脚下打滑差点摔倒，幸好身后有人扶住了她，她刚要道谢，就又听到了那道耳熟的声音："小心点。"

她抽出手臂，平心静气道："不劳蔚先生费心。"

走出没几步，莫离想起什么，又回身走到蔚迟面前。

她从包里拿出一张支票递给他，"蔚先生，我没有给你付那么多钱。"

蔚迟皱眉，似乎不知道该怎么回复她："当是付你买的手机还有衣服……多余的，你买吃的吧。"

二十多万买吃的，当她是猪吗？

"我一共替蔚先生支付了35682.6元，麻烦蔚先生转我支付宝，账号就是我的手机号，如果已经删了，那我再报一次——"

"不用。"

"那好。"省了点时间，"还有玉佩，我想请蔚先生还给我。抱歉，送出去的东西还讨回来。如果你没带在身上，那麻烦你寄……"

"我带在身上。"蔚迟从长外套的衣袋里拿出玉佩，莫离伸手去拿，他紧了紧手，最终还是松开了。

玉佩上还有温度，莫离默默捏紧了，随后她把支票塞给了他，也终于对他露出笑来，"好了，蔚先生，现在我们两清了，你对我没有想法，你也不用担心我会对你念念不忘，我赵莫离最大的优点大概就是看得开。"是不是说得过分了？好歹是救命恩人，买卖不在仁义在……

但对方似乎并不介意，她想，那再好不过了。

等莫离终于回到自己车上，看着外面一片白茫冰凉，觉得真像她心情的写照。

在深呼吸了三次后她才发动车子离开。等她回到家，为了自己不乱想，她又跑去书房找书看。

也因此在看到她爷爷的照片时，她终于想起来，自己听谁说到过起月和云深了。

是她爷爷，她爷爷年轻时曾收留过云深。

她记得没错的话，他叫唐云深。

2

甲申年，暮春。

唐云深留法十年后，第一次回到上海，家里派了洋车来接。车行一路，所过的街道陌生又熟悉。

管家唐荫道："少爷，太太已经差人去买了您最爱吃的栗子粉，您回去就能吃到啦！"唐荫叨叨地说着，难掩的高兴，"太太说您从小最爱过生日，还有十来天就是端阳，一定要给您把上海未婚的名媛们都请来！"

唐云深默默地听着，他记得自己是过完了十七岁的生日后，漂洋过海负笈游学的。十年了，那次生日的场景还历历在目。彼时，他还是一个少年，挥金如土，飞扬意气，全然不知国难将临，国土将丧。十年在外，家国之感莫名地就刻骨起来。

车子进入衡山路，两边的法国梧桐依然是当年的样子。

"家里还好吧？"

唐荫看了他一眼，思索片刻才道："老爷太太都安好，只是年年日日地都盼着您回来。"

到了家，唐太太顾佩英第一个冲过来，拉着云深嘘寒问暖，恨不能把十年没讲的话一次都说尽了，又是亲自削水果，又是喂栗子粉，直把他当成了七岁小孩。

"长大了。"一个略带沙哑的声音响起。

唐云深这才抬头，看到了父亲唐永年。

唐永年已经半头白发。想想，他不过也就五十出头。唐云深很少跟父亲说话，他从小要什么还没开口，顾佩英就第一时间会送到他眼前。而唐永年每次都只是不咸不淡地讲两句，就走了。

说起来，爹是亲爹，妈反倒不是亲妈。

唐云深的亲妈是唐永年的八姨太，生完他就死了。顾佩英本是唱京戏的女老生，嫁给唐永年后成了最得宠的九姨太。因为她不能生育，唐永年就把唐云深交给了她养。后来，顾佩英宠唐云深宠出了名，最让大家印象深刻的一回是唐云深十七岁离家时，顾佩英哭晕在了码头。人都说亲妈也不过如此。

"唉，这一去就是十年，如今都二十七了，连个媳妇儿都没有。"顾佩英对着唐永年，开始说起了儿子的终身大事，"早说不让他出去，你非说什么男儿志在四方。现在倒好，四方都看过了，回来还是光棍一条。"

唐永年也不辩，只是笑笑，道："有你在，我不担心。"

"我早就想好了，今年端阳，我们要好好办一场云深的生日party。我要把现在上海滩所有的名媛……"

唐云深在国外，每天来去能遇到的熟人也不多，突然耳边有这么个滔滔不绝的声音，温暖之余，还是有些不习惯。他四下环顾，想要把话题岔开，忽然就看到了窗外一个娇小的身影。

"她是谁？"唐云深问。

话说到一半的顾佩英顺着他的目光看去，刚才还神采飞扬的脸上一时黯了黯，随即叹了口气道："唉，她叫张起月。当年我在丹桂唱红的时候，她娘是我的戏迷。我们关系很好，跟亲姐妹一样。她娘脾气直，好几次为我出头，还因此得罪过人。后来，嫁去了广州，说是西关的大户人家。之后我们就断了联系。两年前，一个婆子带着她找到我，说是她爹抽大烟，家徒四壁了要卖孩子，她娘临死前托她奶娘带着她走，到上海来找我……那会儿你也不在，我就把她当女儿养着，真是可怜见的。"

唐云深心底突然涌起一种说不清道不明的味道，他低头看了看桌上的栗子粉，顺手拿上，起身朝门外走去。

"我去认识下这个妹妹。"他转头冲着顾佩英一笑。

在顾佩英的眼中，他依旧是那个飞扬的少年。她宠溺地点了点头。

　　似乎是感觉到背后有人在靠近，张起月转身看了过来。

　　"你是——云深哥哥？"她的声音很脆，很清透，像清晨的莺啼。

　　"你认识我？"唐云深有些疑惑。

　　"佩姨每天都要对着你寄来的照片看上好久，有时候，我就陪她一起看，听她说你的故事。他们说你今天会回来，我想佩姨一定很高兴。佩姨高兴我就高兴，所以，我是过来给你送礼物的。"说着，她笑呵呵地伸出手，手上拈着一枝盛开的含笑，"这花有水果的味道，可好闻了。我从小就喜欢它。送给你！"

　　唐云深试图从张起月的脸上寻到哪怕一丝一毫的忧伤和愤世，可是眼前这个女孩儿就像天使一般，连笑容都是那么灿烂。他仿佛是受到了感染，不自觉地就开心起来。他单腿蹲下来，抬手接过花枝，凑近了嗅，"好香啊，谢谢！"

　　张起月看着他，只是咯咯地笑着。

　　"我也有礼物送你。"唐云深把含笑往西装口袋里一插，双手捧起栗子粉，送到张起月的面前，笑道，"这个也好香！"

　　张起月看到栗子粉，眼前一亮。随即摇了摇头，说："不，我不要。佩姨说，这是你最爱吃的。君子不夺人所爱。"

唐云深听了哈哈大笑，忍不住抽出一只手去摸了摸她的头，道："你这小脑袋还挺有学问的。好好好，你是女君子，但你佩姨今天恨不得把DDS所有的栗子粉都买来了，你如果不帮着我一起吃，会很浪费的。谁知盘中餐，粒粒皆辛苦。对不对？"

"唔，那好吧。"张起月高兴地接过栗子粉，随即小小地咬了一口，细细地品尝着。

"以后，我就喊你起月？"唐云深看着她细嚼慢咽地吃，想着虽然她家世败落，但西关人家小姐的样子却没有丢。

她没有马上回答，直到口中的栗子粉都吞下了，才开口："好。佩姨也这么喊我。"她说着，脸上泛起了点红晕。

这是唐云深和张起月的第一次相见，她送了他一枝含笑，他给了她爱吃的栗子粉。

3

莫离之所以对唐云深一直有记忆，不光是因为爷爷提过，更是自己小的时候看到过唐云深遗留下来的一个本子，那里记录了他跟张起月的故事。

她在书房翻找许久，一无所获，又去存放旧物的储藏室找，依旧没有找到那本记忆里的本子。

第二天莫离依旧去了养老院。这时雪霁天晴，院里的荤心磬口梅盛开了，香得很，有不少老人出门晒太阳聊天。

莫离一进大门，便碰到了在大厅里的唐奶奶，正坐在靠窗边的沙发上，而唐小年正在剥核桃给她吃。

她走过去，看到唐奶奶面带微笑，已经完全没有一点昨天小女孩的样子。

"赵医生，你怎么来了？"唐小年再度看到赵莫离，很是讶异。

"哦，放假了，在家也没事做，给奶奶带点吃的过来。"莫离把手上拎着的藕粉和水果递给唐小年。

"谢谢。"

"唐奶奶今天怎么样？"

"上午挺好的，后来，她把我认成了云深，又说要做肥皂，因为云深生日快到了，她要送他礼物。"

唐奶奶拉住唐小年的手又笑了，"现在外面时局乱，物价飞涨，肥皂这东西，还是能自己做的。而且，我学了刻花……可惜怎么也找不到材料。"

莫离观察唐奶奶的表情和语气，"这是定向障碍，奶奶分不清自己所在的时间、地点和周围的人，甚至对自己的姓名、年龄等也分不清。昨天她可能以为自己是小孩子，现在只是换到了别的年纪。"

莫离又犹豫着问："小年，你奶奶是不是姓张？"

"是，你怎么知道？"

如果说之前对于那位唐云深爷爷是否就是唐奶奶要找的人，莫离还心存疑虑的话，此刻她已经笃定了。

她不确定的是，唐云深的事该如何跟唐奶奶说？又或者，该不该说？

唐奶奶看着唐小年期盼道："好久没听云深哥哥弹钢琴了。"

唐小年看着大厅角落那架老旧的钢琴，只能叹气，小时候他爸教他弹钢琴，他兴趣不大，他爸也就没勉强，所以没学，现在他后悔了，不知道该怎么跟奶奶说。

莫离见唐小年不动，她走向了钢琴，坐下来的时候，她忽然觉得这世间事真是奇妙——她的钢琴正是唐奶奶的儿子唐牧朗教的。

莫离弹的是《风将记忆吹成花瓣》，她也不知道自己为什么挑了这支带点忧伤的曲子，可能是因为记忆中依稀记得的关于唐云深那个本子里记录的思念引起，也可能是自己的怅然若失导致。

轻缓的钢琴声流淌在大厅里，四面的窗外是皑皑白雪，阳光明亮。

好多老人走过来听莫离弹奏，而坐在沙发上静静听着的唐奶奶流下了眼泪。

4

乙酉年，仲夏。

唐公馆内，唐云深面色凝重地在侍弄花园里的一丛深色杜鹃。之前，唐荫兑了一大盆鳝鱼血浇在这花下，说是这花吃荤，能开得更好。唐荫浇得细致，但还是在几个花瓣上落了零星几滴淡淡的红。在唐云深看来，这红越来越深，然后变成了鲜红，最后晕染开来，弥漫了整个唐公馆……他平时从不谈政治，可并不是完全不懂。他知道父亲在做什么，只是覆巢之下安有完卵，自己没有勇气离开，自然就只能逃避而不去触及。

现下，危险的气息越来越重。整个唐公馆，也许只有一个人，是真的全心全意地开心着——

"云深哥哥。"起月花着一张脸，从花园的一角跑过来，"我成功了！"

唐云深隐去了脸上的不安，挂出了一个微笑，才转过头去，"你又在捣鼓什么？"

"你的生日礼物呀！"起月的脸上开出了花儿，"我亲手做的，香香的呢！上面还有你的名字……"

"是什么？"唐云深接过一个精致的小盒子。

　　"打开看看。"

　　唐云深小心翼翼地拉开了盒子上的蝴蝶结，抽出纸盒，里头是一块圆圆的香皂。边上刻有一圈卷云纹，中间是娟秀的"云深"二字。而右下方的云纹里，暗暗地藏了一弯新月。

　　"傻丫头，外头物价飞涨，你倒好，学了自己做肥皂。那天我还看你跟张妈在捣鼓什么酱油？"唐云深忍不住伸手，爱怜地抚了抚起月的头，"你是怕唐公馆养不起你了吗？"

　　起月的笑容慢慢隐去，怯怯地说："云深哥哥，那天在学校，有人说唐叔是……是……"

　　看她说得吞吞吐吐，唐云深隐隐不安，"是什么？"

　　"汉奸……"起月的声音低得像蚊子叫，可是听在唐云深的耳朵里，依然是掷地有声，"云深哥哥，他们说的是真的吗？"

　　唐云深没有回答，只是又接着问了一句："他们还说了什么？"

　　起月看着她，心里的不安急剧地加深，说话的声音带了些颤抖："他们还说，抗战胜利了，唐叔就会被抓起来……"

　　"够了！"唐云深突然激动起来，随即意识到，自己对着眼前的小姑娘发火只会更显出自己的害怕，"对不起，起月。"

　　起月被吓了一跳，一向温和的唐云深第一次这么大声地对她讲话。一时间，她愣在那里，不言不语。

"父亲不是那样的人……"

唐永年到底还是被抓了。在外头一片抗战胜利的欢呼中，上海这座城，再次易主。

唐永年一走，整个唐家就像被抽掉了主心骨。顾佩英失踪了两天，第三天凌晨，唐荫在唐公馆的门口发现了奄奄一息的她。唐云深穿着睡衣从房间里冲出来，听到她说的最后一句话是："公孙杵臼死了，程婴就是千古罪人。不会再有人知道那个孩子到底是赵氏孤儿，还是程婴自己的儿子。古人会相信程婴的自白，可是现在的人……"

这云山雾罩的一句话，唐云深琢磨了很久。顾佩英似乎在告诉他什么，可是他想不明白。但法庭的审判不会等他，唐永年很快以汉奸罪被判枪决，而唐公馆也即将被封。

"起月，你怕吗？"唐云深的耳边一直回响着下午刑场上凌乱的枪声。遣散了所有的家人，偌大的唐家只剩下了他和张起月。

"不怕。我相信唐叔是好人，总有一天，大家会知道他是被冤枉的。"起月泪汪汪的眼中有着一种超出年龄的坚定。

"好。"唐云深伸出双手，紧紧地抱住了起月。从此以后，天地间，他只有这么一个亲人了，"明天他们就要来封屋子，妈的葬礼拖了这么些天，也不能大办。起月，今晚我们一起送送爸妈。"

"嗯。"

唐云深在那架白色三角的门德尔松上披了黑纱，边上放上唐永年和顾佩英的合照。

"当年，李叔同先生就是这样为自己的母亲送行的。如今，我也效法前人，送父母一程。"他对着相片喃喃自语。直到父母故去，他才发现，自己一点都不了解他们。他一直沉浸在自己的世界里，不问吃穿来源，不问世事风云。

他一首接一首不知疲倦地弹着，起月就站在边上，心仿佛被一只大手攥着，越来越紧，越来越痛，而后慢慢地麻木，直到泪如雨下而不自知。

终于，唐云深停了下来，因为他的手已经颤抖得无法再继续弹奏。他缓缓地站起来，出门。

外头下起了夜雨。他直走到那丛杜鹃的边上，身子晃了晃，又"哇"的一声，吐了一大口鲜血，然后缓缓地倒了下去。

张起月眼看着他走出去，预感要不好了，可自己的脚已经完全麻木，就算心急如焚也只能一瘸一拐地从屋里追出来，看着他倒下去。唐云深是个比她大好多的高个子，她根本拖不动他。那一刻，她擦干了眼泪，从屋里拿出了一条薄毯和一把伞，半抱着他，让他躺在自己怀里。夏日的夜晚，怎么样都是可以撑过去的。

日出的时候，唐云深醒了。他被朝阳刺了刺眼睛，看了看在打盹还不忘举着伞的起月，怔了怔才回过神来。

嘴里还残存了些许腥味，他伸手抹了抹嘴角，这一有动静，起月就醒了。

"云深哥哥，你怎么样？"她心急地问。

"我没事。"他挣扎着坐起来，勉强扬了扬嘴角。先前他不能维护父母，现下他不可以再让一个小姑娘反过来照顾他。他定了定神，郑重地说，"起月放心，我们都不会有事。"

"嗯，我会一直陪在云深哥哥身边。"她伸出手，抓住他的手。

唐云深苦笑，"十年，能再陪你十年，我就知足了。"

她泪眼莹然地看向他，"为什么只有十年？"

他习惯性地伸手抚了抚她的头，道："之后，你会有丈夫。他会代替我照顾你。"

她毫不犹豫摇了摇头，"不，我只要云深哥哥。"

唐云深没有再说话，只是嘴角僵硬地笑着，眼神空洞洞的。

走出唐公馆，一辆洋车在街边的拐角处等着。车上下来一个西装革履的年轻人，冲着唐云深摆了摆手。张起月认得他，他是唐云深的表弟唐云济的助理魏琥。

唐云深冲他略略点了点头，将手上的行李都给了他，拉着起月上了车。

"云济呢？"唐云深问。

"少爷今早上的船已经去了香港。老爷一直在做英国人的买卖，所以前几年就已经把大半产业都挪了去。其中有不少的股份是大老爷的。现下大老爷遭难，老爷的意思是，让您赶紧去香港。明天一早的船票已经给您备好了。"

唐云深觉得掌中起月的手忽地抖了一下，他明白她的意思，随即对着那人道："我不是一个人。"

魏琥明显愣了一下，而后回头看了看张起月，"您要带上她？"

"她是我妹妹。"

"可眼下这局势，您也知道，船票是有价无市啊。"

"小魏，麻烦你再给想想办法。"

"大少爷，您别为难我呀！我一个办事儿的，能有什么办法？"

"好，我不为难你。等一会儿到了旅店住下，我就给二叔去电话。"

张起月远远地看着唐云深拿起公共电话，看他越来越愁眉深锁的样子，暗暗下了一个决定。她知道他现在背着汉奸之子的罪名，是很不适合在上海继续待下去了。而她，她不是唐家的孩子，唐家养了她这么多年，而今二老双亡，她无法报恩，那么至少，她可以不再拖累他。

唐云深回房间的路上，反复琢磨着刚才二叔的话："你何苦为了一个外人，赌上自己的未来。她本来就跟我唐家无亲无故，能白白养她这么多年，也算对得起她了。如今也不是不想带她走，是不能。"踱到房门口，他顿了顿，心底喷涌而出的怯意，令他不敢伸手去打开这道门。

不知在门口站了多久，唐云深才颤抖着手去开门。就在刚才，他做出了一个决定：如果起月不能走，那么他也不走了。决定的当下，他感到了一丝悲壮。他迫不及待地想告诉起月，自己没有违背诺言。

直到看着房间桌子上的留言，唐云深才明白自己有多可笑。在他左右挣扎的时候，张起月却毫不犹豫地走了，为了不拖累他。他刚才还以为自己做出了足够大的牺牲，却原来，她比他更果决。

十年，早上他承诺了十年，可她却要一辈子。而现在，为了不让他毁诺，她率先放弃了。

　　这时，魏琥端了两碗馄饨来，见状有些愣怔。

　　"起月姑娘呢？"

　　"她走了。"唐云深放下纸条，喑哑道。

　　"那……她会去哪儿？"

　　"我不知道。"

　　"那您……"魏琥想问还要找她吗，但又觉着自己说这话有点逾越，于是便闭了嘴。

　　"你说你没有家人？"唐云深没头没脑地来了一句。

　　"是。"

　　"好。我现在去找起月，船票留给你。到了香港，麻烦你告诉二叔，我会照顾好自己，等风声过了，我和起月一起过去。"说着，他掏出船票，往魏琥手里一塞，拔腿就冲了出去。

　　魏琥攥着船票站在原地，一脸茫然。

　　天快亮的时候，唐云深终于在唐家的花园里找到了张起月。她睁大眼睛，不可思议地看着他，他二话不说，拉起她就走。唐家的宅子变成了敌产被封存，他没有想到她还敢回去，几乎跑遍了所有能想到的地方却一无所获，绝望之下才想来这里试一试。

"你就这样回来，不怕被抓起来吗？"他从未对她如此严厉。

"你走，我不用你管！"出了唐公馆，起月就开始拼命挣扎。

"你以为你这样很厉害、很伟大吗？自作聪明！"他把她抓起来，第一次揍了她的屁股，"你知道我有多担心，多怕再也找不到你吗？！"

张起月被他这一下给揍蒙了，挂着两滴眼泪看向他，齐刷刷地就流了下来。

唐云深没有料到她就这么哭了，顿时有些无措。脑子里千回百转，最终只是轻叹了一声，"对不起。"又指了指手里的表说，"你看，现在船已经开了。"

"你为什么不走？"她哽咽着出声。

"年纪不大，记性那么差。"唐云深点了点她的脑门，"昨天这个时候，是谁跟我说，要一辈子跟着我的？这么快就不要我了？"

张起月抽了抽鼻子，"可是——"

"没有可是。以后，你在哪儿，我就在哪儿。"他一字一顿地说。

唐云深最终还是留在了上海，带着张起月一起在唐云济名下的一个独立两层小楼里安了家。这个小楼闹中取静，隐在一个弄堂的深处。里头东西齐备，连字画都有好几箱，然而最令唐云深欣喜的是，二楼还放了一架钢琴。虽然这架钢琴不能与之前唐公馆那架门德尔松相比，但他已然很满足了。

安定下来后，唐云深在一个偏远的中学谋了个教职，上下班刚好带着起月。新的左邻右舍并不认识他，看他温文尔雅，起月乖巧伶俐，倒也很照顾这对兄妹。

眼看着，和平将近，岁月静好。

5

莫离弹完钢琴站起身走回唐奶奶身边，看到唐小年正在给老人擦眼泪。

老人脸上满是柔情和安心，她看着小年道："你说，以后，我在哪儿，你就在哪儿，你要说话算数。"

"好。"唐小年答应道。

唐奶奶又止不住地流泪，又止不住地笑。

莫离想，也许知道现实的无望不如活在有他的记忆里。

唐奶奶又拉住站在边上的莫离的手，问："你是？"

"我的钢琴……是您爱的人教的。"能教出唐牧朗老师那样出色和善的人，他的母亲一定对他很用心和爱护。但莫离知道，唐奶奶一定会认为她说的是云深。

果然唐奶奶欢喜道："原来是云深教的啊。你叫什么名字？"

"莫离，莫非的莫，不离不弃的离。"

"好，莫离，你明天还会来吧？我明天打算煮汤圆，你来跟云深学琴，我煮给你们吃。"

莫离看着被老人温暖的手捂着的自己的手，点头说："好的。"

蔚迟坐在车里，看着从养老院走出来的人。

他看着她走到一棵磬口梅下看了看，然后摘下一朵走到不知道是谁堆起来的雪人边上，把花放在了雪人头上。白白的脑袋上多了一点亮丽的橙黄。

她扬唇而笑，阳光落在她脸上。

蔚迟就这样看着，他不知道自己每接近她一次，会造成什么样的影响。他留在这里，不敢接近她，却又无法做到离开。

莫离回到家，吃好饭后又忍不住想起唐奶奶的事，以及回想记忆中关于唐云深的零星片段。

爷爷好像说过，他跟唐云深早年就相识，他很赞赏唐的人品和才华，后来再遇到落魄的唐云深，爷爷不忍心故友惨死在外面，便收留了他。

爷爷收留唐云深的时候，她爸应该还没出生，还住在老宅那里。莫离记得，老宅里爷爷生平的藏书著作都搬了过来，但一些旧家具却留在了那边没动。

她想唐云深的本子会不会也遗留在那边？她越想越觉得有可能，便迫不及待地跟阿姨说了声"出去办点事"就又出了门。

唐云深的事跟不跟唐奶奶说是一回事，莫离觉得还是得把东西找到。

赵家的老房子在一条狭长的弄堂里，这里房屋老旧，住户密集，不过原始居民大多已经离开，不少屋子出租给了外来打工人员。赵家的老宅虽然也没人住了，但也没有出租出去，加上还有一些旧物赵红卫不想处理掉，所以索性就将其留着做储藏地了。

莫离打开了那扇已经生锈的铁门。门开的那一刹，一股陈旧的带点发霉的味道扑面而来。她皱了皱眉，伸手拉了下门边的灯线。

客厅里的灯泡打出了昏暗的光亮。莫离看过去，只见灯罩上也积满了尘。四周堆着些纸箱子，所有的旧家具都挪到了当年爷爷的书房。她径直去了书房，想先从那里找起。

然而书房里的灯却坏了，只能借助客厅那一点光来看。

正在莫离就着那点不明朗的光翻找之际，唯一的光源却突然暗了暗。她心里不由一惊——这个世界上，她最怕两样东西，一是会咬人的动物，二是鬼。

即使这里她小时候来过许多次，但如今爷爷不在多年，早已物是人非，空荡荡的让人心慌。

"失策啊，头脑一热就跑过来了，真应该白天来的。"

结果她自言自语刚说完，客厅的灯竟彻底熄了！顿时，四周一片黑暗。

莫离倒抽一口凉气，默默地祈祷："爷爷保佑，爷爷保佑……"她自我安抚地想，可能是跳闸了，出去修一下就好。

在她摸索着要去客厅时，膝盖撞到了桌子，不由轻叫了声。

正当莫离发怵又后悔地蹲在地上等那股酸疼感淡去时，灯突然又亮了。

她惊喜道："好了？难道刚才是断电？"

后悔是后悔，但既然来了，她也不会半途就走，拖着还有点疼的腿赶紧翻箱倒柜地找。

最后，终于在一个类似床头矮柜的最下层抽屉里发现了一只木盒，里面除了那本她记忆里的本子，还有一枚用手帕仔细包裹的印章。

"原来真在这里！"莫离激动地拿着东西走到客厅里，她将手里的印章翻来覆去地瞧了瞧，印面上的文字是篆书，她只能认出中间那两个字是"看云"，她又看印章上的边款像是行草，连蒙带猜，觉得大概是"锲而不舍"。

莫离将盒子一合，走出了老宅。

等她回到车里，才又打开盒子，拿出那个小本子来看。方方正正的本子已经有些破损，边上的骑马钉也已经锈蚀。封面正中间印着三个艺术体的大字"图画本"，字的下面有一个少年，扛着竹竿，正赶着一群小鸭子。封面上，主人唯一留下的痕迹，就只有右下角处的一圈手绘卷云纹以及卷云纹中的一弯新月。

"新月？起月？"

莫离翻开第一页。第一页上，只有一首诗。

　　　　行行重行行，与君生别离。

　　　　相去万余里，各在天一涯。

　　　　道路阻且长，会面安可知。

　　　　胡马依北风，越鸟巢南枝。

　　　　相去日已远，衣带日已缓。

浮云蔽白日，游子不顾返。

思君令人老，岁月忽已晚。

弃捐勿复道，努力加餐饭。

莫离记得第一次看到这首诗，她看不懂，后来上学再读到，才知道是古诗十九首中的《行行重行行》。这首诗说的，正是动荡岁月中的相思离乱之情。

第二页上，没有字，只有画——或许文字已经不足以让唐云深去描绘记忆，所以他直接画了下来。

这一页，是他们第一次相见。两人都是笑脸盈盈，他手里拿着点心，她背后藏着一枝盛开的含笑……

她记得这枝含笑，也记得唐奶奶前天说的那句"我要去把含笑送给他"。

莫离安静地翻看着，像是在回顾一部古老的默片，无声地回放着一段被封存在画里的再也回不去的岁月。

此刻，离她百米远的地方，蔚迟正坐在车子里。

有人敲了下他的车窗。

"先生，我刚看到你从那个房子里出来，我昨天好像也看到你来了。我就住边上的，你是房主吧？还是你后面出来那个女的是房主？"

"什么事？"

"哦，你是房主的话，我想帮我老乡问问，你们房子不住人的话，要出租吗？"

蔚迟："⋯⋯不租。"

莫离第三次来到养老院，带了一本琴谱过来，因为她能熟练弹奏的曲子不多，一旦唐奶奶有指定想听的曲目时，她能不掉链子。

当然，她包里还有唐云深的印章，以及本子。

她按着包里的东西心有所想，也很快找到了唐奶奶。

而正在走廊屋檐下晒太阳的老人一看到她就惊喜地拉住了她的手，说："覃芸，你来了啊。"

莫离看向唐小年和夏初，小声问："谁？"唐、夏两人都摇头表示不知。

莫离只好再换身份，回唐奶奶道："是，我来了。"

唐奶奶又问："你家唐峥校长呢？"

"你家"这个词莫离现在还真有点听不得，一听就头疼。

"你们夫妻俩可总是同进同出的，让人羡慕。"

原来还是夫妻，莫离说："他今天有点忙，所以没有来。"

　　唐奶奶望着她身后，忽然笑吟吟道："你看你说的，这不是来了吗？"

　　唐小年随奶奶的视线方向看去，"老板。"

　　莫离："……"

　　之后，莫离看着蔚迟请唐奶奶进大厅里去拍了照，因为唐奶奶拉着她的手，她也被带了进去，站在一旁出神，等她们拍好照，蔚迟才看向她说："赵小姐。"

　　莫离"嗯"了声。

　　唐奶奶感叹道："没想到唐校长竟然还会拍照，果真不负博学多才之名。"

　　蔚迟竟然也配合地回了一句："过奖了。"

　　唐奶奶又笑着问："覃芸，唐校长还有什么不会的，你倒是说说看？"

　　莫离："……我不知道。"

　　唐小年说："奶奶……起月，累不累？我带你去房里睡一会儿好吗？"

　　"不累，再说覃芸和唐校长过来，我去睡觉算什么呢。"说着唐奶奶看看莫离，又看看蔚迟，"不过，今天你们夫妻俩怎么都不太讲话？是不是吵架了？平时唐校长可是妙语连珠、出口成章的人。"

妙语连珠？眼前这位"唐校长"说他惜字如金还差不多，莫离忍不住看了他一眼，看他怎么回。

蔚迟说："这些天牙疼。"

莫离："……"

"哦，唐校长你牙疼，要尽早看医生才行，不能听之任之。覃芸，你得督促他呢，不能只忙工作，不顾身子，身体是本钱。"

莫离真不知道该怎么回了，又想他牙疼到底是真的还是随口说的借口。

这时蔚迟又说："不严重，吃点止疼药就行。"

作为医生，蔚迟这种行为就是拖延治疗的不良行为。

她忍了下，还是医者父母心地说："如果一直疼，还是早点去医院根治吧。"

"好。"

莫离没看他，所以不知道蔚迟在回她的时候，嘴边浮出微微的笑。

唐小年则刚好看到了他一向无念无想的老板神色微动，他狐疑地望了眼赵莫离。他记起上次去医院看蔚迟，就听说了是他救的赵医生。

　　但唐奶奶还是觉得不对，"既然不是吵架，那怎么那么生分呢？唐校长有空时，陪覃芸你去买菜，你们可都是挽着手去的。"这样的生活就是她最心之所往的，"你们是我见过最琴瑟和谐的夫妻。"

　　莫离无以为继，难不成真要跟蔚迟演一出琴瑟和鸣？

　　但见唐奶奶又是如少女般憧憬那份比翼连枝的美好，又真心实意地为他们担心，她在心里叹了声后，伸出手轻轻拍了下"唐校长"的肩膀，破罐子破摔地说："你也真是的，这么冷的天，出门也不知道多穿点，存心让我心疼呢。"说着看向唐奶奶说，"我们没吵架，就是……唐校长不是牙疼嘛，我就不忍跟他多说话。毕竟疼在他身上，心疼的是我呀。"

　　蔚迟："……我现在不疼，也不冷。"

　　莫离回头笑道："嗯，好。"

　　夏初靠到唐小年耳边说："离离姐演技真好，他们看起来还真像一对。"

　　唐小年同意地点了下头。

　　唐奶奶呵呵笑道："是这样啊，瞧我，真是咸吃萝卜淡操心了。"说着又想到什么，"覃芸，我要跟你们夫妻俩说声对不起，云深……哎，老是去欺负你家潘朵拉。"唐奶奶好气又好笑地说，"说起来，我家的探戈，又不知藏哪儿去了。"说着嘴里

"喵喵"唤着，站起来就要去找，唐小年连忙扶住她问："你要去哪儿？"

"找探戈去……我怕它吃到老鼠药。"

莫离想，探戈应该是只猫无疑，反正待在这里她也浑身不得劲，便很有行动力地起来往外走去，"我替你去找。"

唐奶奶也不舍得离开"云深"，只好说："那就麻烦你了，覃芸。"

"没事。"

等莫离终于出来，不由如释重负。

她没往大厅能望得见的前院走，而是直接往后院逛去，后院不大，铁门开着，她便走了出去，边想心事边时不时"喵"两声，找着唐奶奶回忆里的探戈。

没走多久，突然一声洪亮的狗叫声拉回了莫离的思绪。

她定睛一看，就发现了前方五米处有只大狼狗，正防备又虎视眈眈地盯着她。

她当即被吓得手足发麻，下一秒就拔腿往回跑，本来如果她不跑，那狗也未必会追她，但怪就怪在她小时候被狗咬过，一朝被蛇咬，十年怕井绳，她这本能地一跑，那狗就狂叫着追了上来。

莫离大喊："别追我啊别追我啊！我找猫不是狗啊！救命啊！"

她刚喊完就看到从养老院后门走出来的蔚迟，现在不管是谁，她看到都是救星，她冲过去就拉住了蔚迟的手臂，躲在了他后面。

"蔚先生蔚先生！你不怕狗吧？！你帮我赶一下！"

狼狗追到他们面前，朝他们叫了几声后，突然倒退了一步，随即"呜呜"两声就跑走了。

莫离看到狗跑开，惊魂未定地说："好吧，狗怕你。"她的手还在抖，也后知后觉地察觉到自己还抓着对方，连忙松开了手道，"谢谢。"

她一刻都不敢在外面待了，正要进后院，却被蔚迟拉住了手腕，她意外又不解道："蔚先生，还有什么事吗？"

他放开了她，眉头紧皱，好似很懊悔自己刚才的行为。

最后他说："对不起。"

对不起什么？他好像没做过什么对不起她的事，除了——

莫离轻笑一声说："你不是已经说过一次对不起了吗？你不喜欢我，又不是错。"

只是不喜欢罢了。

她也不等他再回复什么，往刚才狼狗离开的方向又望了一眼，赶忙进了门。

　　莫离无功而返，还被吓出了一身冷汗，不敢再乱走。正想去跟唐奶奶道歉，说有辱使命，却看到前院那张休闲藤桌周围不知何时围坐了三个老太太，其中一个正抱着只黑猫。她心中一动，走了上去，跟正闲谈的老人们问了声好。

　　之后她对抱着猫的老人说："奶奶，您的猫能借我一下吗？"

　　那老人慈眉善目，笑得也是十分和蔼，"你是唐家奶奶的客人吧？"

　　"是的。"

　　老人却问："小姑娘，你有对象了吗？"

　　"……没。"

　　老人把她拉近一点，"哎哟，你的手怎么这么凉？还都是汗。"

　　"刚跑了一会儿步，出了点汗。"

　　另一个老人说："这大冷天的，怎么还去跑步呢。"

　　莫离只能笑而不语。

　　而拉着她的老人上上下下打量她一番，又说："我外孙也还没对象呢，今年过年就三十二了，七尺男儿，一表人才，是个大公司的经理，你把电话号码给我，我就把豆豆借你，你看怎么样？”

这妥妥一出挟天子以令诸侯呀，莫离以退为进道："奶奶，您外孙听着挺出色的，要求应该很高啊。"

"我外孙要求很简单，肤白貌美性格开朗，你很符合。"老太太笑呵呵地说。

莫离："……"

莫离觉得这老太太还是挺有意思的，最后舍生取义地把号码输进了老人的老年机里，换了黑猫豆豆。

莫离大功告成地抱着猫朝楼里走去，看到蔚迟正坐在走廊上的一张长条凳上，她没多看他，直接走了进去。

等她回到唐奶奶身边，刚想拿豆豆蒙混过关，结果唐奶奶又陷入了另一种回忆里，看到她就祝贺她说："覃芸，恭喜你喜得麟儿啊。"

莫离："……"她才出去找了一会儿猫，回来儿子都有了？

豆豆"喵"了声，从她身上跳下，一溜烟跑到了外面。

唐奶奶问："覃芸，你家唐校长呢？在家照顾孩子吗？唐校长该高兴坏了吧？"

莫离在心里默念，她不是覃芸，蔚迟也不是唐校长，"是啊，他很高兴。"

唐小年抱歉地看着赵莫离，跟夏初说了声"你看着点奶奶"，就去了外面。唐小年看到坐在屋檐下凳子上的蔚迟，走过去就说："老板，你好像对赵医生——"他本来想说"有好感"，但又好像还没到那程度。

蔚迟说："我曾在一本书上看到过一句话——爱是想触碰又收回的手。"

唐小年很意外地看着他老板，原来不是还没到那程度，而是远远超过了那程度。

他是怎么也想不到会从蔚迟口中听到类似"表白"的话。

而蔚迟会跟唐小年说，是因为他无人可说。

这种情绪在他心底太久了，久得……他有点不想再藏了。

如果不能跟她说，那跟无关紧要的人说说，应该无妨。

殊不知无关紧要的人因他的话而受了不小的惊。

莫离这边，唐奶奶又突然伤心地劝说她："你要好好看着唐校长，别让他出事，你要好好地活着，万万不能自寻短见……如果你也走了，孩子怎么办？"

"我不会想不开的，你放心。"

但唐奶奶显然还是不放心，好似要发生不好的事让她不安，"晚上你跟唐校长到我这边来吃晚饭，答应我，一定要来。再苦的日子，我们一起熬过去……天黑了，总会亮的，只要我们人都在。"

莫离安抚她："好，我答应你。"

夏初走到莫离边上说悄悄话："离离姐，真的很谢谢你这样子陪奶奶聊。奶奶昨天让小年买了好多菜回来，还有汤圆，你就留下来吃晚饭吧。"她顿了下又说，"不知道蔚先生愿不愿意留下来吃饭……"

莫离意兴阑珊道："那要看什么人说了。"如果是她，肯定是否定的。

这时蔚迟跟唐小年刚好走回来，唐奶奶仿佛终于宽心了点，"云深，你把唐校长带来了，那就好……唐校长，覃芸已经答应我，晚上在我们这边吃饭，你们是一家人，不说两家话，你可不许走。"

蔚迟似乎在考虑，看样子是不想留的，然而却回了一声"好"。

莫离心说，原来他还挺敬老爱幼的。

唐奶奶看着唐小年，又悲从中来，"云深，你无论如何，无论如何都不能擅作主张离开……"

"我不会的。"唐小年扶着奶奶说，"我带你去休息会儿好吗？"

　　唐奶奶似乎是真的累了，由唐小年和夏初扶着回了房间，躺下后很快就睡了过去。

　　她又梦到了云深。

6

　　1952年。

　　这一年，张起月十八岁，恰逢高考，而上海著名的圣约翰、震旦、沪江三所大学却在院系调整中被裁撤。

　　她想起自己曾经拉着唐云深，在圣约翰的那棵大樟树下发誓，一定要考进这座走出过顾维钧、林语堂的著名学府。现在，她做好了所有的准备，可是这座"海上梵王渡"却再也不会有了。这便如深夜航船，突然失了导航的灯塔，四周一片漆黑，令人不知道接下来要何去何从。

　　"起月，吃饭了。"唐云深每天下班都会从学校食堂打来饭菜，回家热一下，作为两个人的晚餐。

　　张起月应了一声，收起了心思，换上了满脸的笑意。她知道他每天都过得如履薄冰，不再想他为了自己的事而忧心。

　　"快高考了，你准备得怎么样？"唐云深夹了一片肉，放到了起月的碗里。

张起月夹起肉，又塞进了唐云深的碗里，"我是女孩子，你每次都把肉给我，是想把我喂成大胖子吗？"

"你太瘦了，胖点好看。"

他还想还回去，张起月没有再推，只是笑着问："云深哥哥，要是我真成了一个大胖子，没有人愿意娶我，你会养我一辈子吗？"

唐云深没有正面回答，却反问了一句："我不是正在养吗？"

张起月放下筷子，静默了一会儿。

唐云深疑惑地抬头，看着她，却看不清她的表情。

"还有两年，就十年了。"她很轻地说，可他还是听见了。

唐云深却假装没有听到。

张起月平静地与他对视，眼神澄澈。

她咬了下嘴唇又说："云深哥哥，如今没有圣约翰了，我决定不高考了。"

"不念大学，你想做什么？"

"我就天天在家里，给你做饭。"张起月敏锐地捕捉到了他目光中的那一丝微弱的闪动，心中忍不住扬起狡黠的笑，故意道，"受够了每天吃这些食堂的菜。"

唐云深愕然，他不会做饭，更不愿让她整日被油烟熏染，因此她这突如其来的一句话竟然让他无言以对。

"噗。"看着他窘迫的样子，她不由得笑了出来，"云深哥哥，我开玩笑的。是这样，我前几天看到学校对面的小学在招聘代课老师，高中毕业就可以。我就去试了试，据说明天能有结果，我答应你，如果没有录取，我就专心去考大学。好不好？"

唐云深锁着眉头，陷入了深思。他知道有很多话，她不会说出来，但是他懂。她出身资本家家庭，又在汉奸家长大，如今有些学校，即使她有心也有能力上，学校却未必会收她。若能早些工作，也许还是好的，即便这本来应该是无忧无虑读书的年纪，参加工作势必要辛苦很多。

"你长大了，我也做不了你的主，你自己决定吧。"唐云深最终还是无奈地叹了口气。

起月看了他一眼，说："云深哥哥，我不怕苦，真的。"

唐云深默然。

两人安静了一小会儿，起月故作轻松地开口道："云深哥哥，你记不记得，有一回云济哥哥拿来一本书，对你说不可不读。"

"《晓珠词》？"

"嗯，后来你们一起讨论这本书。你说，最喜欢里面的一句：'不遇天人不目成'。"

唐云深凝视着眼前人，四目相对，"觌姑相对便移情"啊，他心中了然，却只能叹息。

"我也最喜欢这句。"她笑说。

看着她的笑，唐云深的心猛地抽了一下。

"明天，明天晚饭我们去下馆子。"唐云深忽然说。

张起月一愣，家里的情况她知道，哪来的闲钱下馆子？但唐云深没有说。

第二天，唐云深便带着起月去了饭馆。

这顿饭唐云深点的菜，都是起月爱吃的。

出饭店的时候，天已经黑了，街上凉风习习，人却很少。

"云深哥哥。"张起月突然伸手，拉住了唐云深的胳膊。

他停下了脚步。

"你喜欢我，对不对？"她咬了咬牙，最终还是问了出来。

唐云深默然良久，只道了一声："你别任性。"

"我要是任性，我也不会到今天才问。"张起月落下泪来，"这么多年了，你为什么拒绝了所有人给你介绍的对象？"

"哪里有那么多为什么。"唐云深打断她，想了想，又补充了一句，"我成分不好，何苦去害人家。一个人能平安地过完这一辈子，我就知足了。"

"你卖了唐叔送我们的对印。"既然说开了，她今天就非要把真相撕出来。当她发现他们各有一枚的对印，他的那枚只剩空盒的时候，便已明白了这顿饭的意义。

"身外之物，换一顿饱餐而已。"唐云深低声道。

"我成分也不好，不怕你连累。"她坚持。

"女孩子毕竟不一样。我希望，你有一个好的归宿。"他不想再说，怕自己的坚持不堪一击，"走吧。"

隔日清晨，太阳从东窗边照进来，投射到餐桌上，刚好就聚焦在唐云深一早买来的油条上。唐云深吃得讲究，早将油条切成小段，边上还配了一碟酱油。张起月埋头喝粥，唐云深看了看她，谁也没有先开口。

外头传来吵嚷的人声打破了唐家的静默。两人先后朝门口看去，正好就有个人，逆着光走了过来。这人身形高瘦，跟唐云深倒有几分相似。因为门都敞开着，他就象征性地敲了敲门。

"请进。"唐云深放下筷子，站了起来。

进来的是一个戴着眼镜的斯文男人，他手上提了一个牛皮纸包，脸上是温和的笑。

"你们好，鄙姓唐，唐峥，是隔壁新来的住户。区区薄礼，还望以后多多关照。"

一番寒暄之后，唐云深了解到，隔壁新来的是一对年轻夫妇。

丈夫唐峥，是远近闻名的华山中学新调来的校长。妻子覃芸，是个小学语文老师，刚好就要去起月所在的学校报到。他们家还有一只叫潘朵拉的黑猫。

唐峥的到访暂时化解了唐云深和张起月之间的尴尬。张起月主动要求陪覃芸一起去学校，唐峥自然感激不尽。

接下来的日子，虽然时局暗潮汹涌，但于唐云深和张起月，却是一段难得的平静岁月。他们似乎达成了某种默契，谁也不再试图去触及各自内心的深处。

因为潘朵拉，起月喜欢上了猫咪。一天在街边公园见了一只流浪猫，就欢天喜地地带了回来。这是一只虎斑猫，起月喊它探戈。探戈来的时候畏畏缩缩，没养几天就威风凛凛起来，一到晚上，还特别热衷于跑出去跟潘朵拉打架。

起月为此很是苦恼。反而是唐云深，探戈刚来的时候一脸嫌弃，现在养出了感情，倒是比起月还要在意它。每次一听到动静就火速披上外套，抓起竖在墙角的晾衣竿，冲出去帮架。覃芸心疼潘朵拉，又不好跟唐云深翻脸，于是每次都在学校旁敲侧击地跟起月说这个事儿。

这天，唐云深又举着晾衣竿要奔出去，起月喊住了他。

"云深哥哥，你就不怕唐校长也出来帮潘朵拉？"

唐云深扬眉，"不会，唐校长每天忙得很，哪有我这闲工夫？而且他们理工科的人，没这么些个情怀。"才说完，又奔了出去。

起月无奈地摇了摇头，忽然想，唐云深连一只猫都如此护短，那要是自家的孩子……不知此生，他与她可否会有。

1957年深秋，唐云深还是陷入了"反右"运动的旋涡。家里所有的字画箱子都被抬走，而他最珍爱的钢琴，被砸得稀烂。张起月看着满地狼藉，欲哭无泪。直到第二年春天，他才被放了回来。

她深吸了一口气，只听见心脏在胸口怦怦乱跳。

起月看着日思夜想的人——利落的短发已经半长，且肮脏凌乱。以前他骨肉停匀，而如今瘦得有些脱形；以前他身板笔挺，而如今腰背竟有些佝偻……她已泣不成声。

起月跑上前抚上他脏兮兮的脸颊，上头有一层厚厚的血痂紧紧地绷着，粗糙而坚硬。他的眼神有些涣散，而嘴唇上满是皲裂。

即使刚才做好了心理准备，现在起月还是无法自抑地泪如雨下。她抱住唐云深，而他只是木然地靠着她，她亲他唇角的裂痕，他却无知无觉。

"云深哥哥，我们回家。"起月伸手擦掉泪水，把带来的棉外套给唐云深披上，扶起他看向回家的路。此刻正是夕阳西下，街上只剩最后的霞光。

两个多月后，唐云深才慢慢恢复。他绝口不提被关起来的那段日子，起月也就不问。只不过，他以前很少喝酒，现在却染上了酗酒的毛病。因为狱中劳作使得他的脊骨坏损，天气稍一阴冷，便浑身疼痛，只能靠酒精顶过煎熬。

他几次都想劝她放弃自己，但每次话到嘴边看到起月的眼睛，又吞了回去。因为他怕，怕自己的自以为是会伤害到她。

1967年的端午。

唐峥和覃芸的第一个孩子出生了，是个男孩，他们给他取名牧朗。

唐云深和张起月一同去贺喜，说来也奇怪，这孩子看到张起月，竟然就咯咯咯地笑了起来。

覃芸说，他一定是很喜欢起月。

可欢喜没多久，灾难却又一次降临。这次，唐峥是主要对象。

唐峥是个烈性子，每次都伤得最惨。唐云深经过上次已看淡了很多。每次批斗完自行回家，胸前"牛鬼蛇神"的牌子不能摘。一路上，还有人跟在后面起哄，高喊"打倒反动学术权威"。他只能用力抓着唐峥，尽量劝着他一些。

这天，唐云深一早就见唐峥的状态很不好，精神已快近崩溃边缘。于是，他咬了咬牙，偷偷把两人的牌子对换了一下。结果，他成了唐峥，被人用滚烫的糨糊倒在背上，贴上大字报示众，还被人剃掉了之前留了半年的小胡子。

晚上，起月给他处理伤口，蓦地就哭了出来。

"今天怎么你成了主角？"

唐云深也不多解释，只给自己倒了一碗酒，笑着对起月说："他们张冠李戴，我托了唐校长的福，身价倍增。看，胡子没了，我是不是年轻了些？"

起月没再追问，只是流泪，滔滔地止也止不住。

可是，唐云深的用心良苦还是没能救得了唐峥。

次日凌晨，唐峥就跳了黄浦江。覃芸听到消息，直接就晕了过去，起月连着照顾了她一周。看她几次醒来都是意识模糊，不是把她当成了唐峥，就是到处要找潘朵拉。

潘朵拉已经失踪半年多了。探戈之前误吃了老鼠药，横冲直撞地折腾了一阵，最后死在了唐云深的怀里。每每覃芸提起潘朵拉，起月也要哭一场。起月哭，覃芸就愣愣地看着她。

就这样两头提心地过了一个多月，起月终于等来了覃芸清醒的时候。

这天，她拉住了起月的手，"起月，答应我一件事。"

起月肿着双眼，忍着泪点头。

"若我有个三长两短，望你与唐先生能够收留牧朗。"

听覃芸的话像是在托孤。起月怕她想不开，又是点头，又是摇头。

"答应我！"覃芸仰起脸，一双眼睛死死地盯住起月。

"不会的，你不会有事的。牧朗还小，你不忍心的……对不对？"起月想要安抚她，又想用唐牧朗来稳住她。

"我也就是说个如果。"覃芸的口气软下来，但依然一定要起月给个答案。

"好，我答应。"起月知道不能应，却狠不下这个心，"世寿所许，定当遵嘱。"

当起月再次见到覃芸的时候，满眼都是血红。她割断了自己手腕上的动脉，嘴里喃喃地叫着："峥哥……"

答应覃芸的那刻，起月就知道会有这天。因为她明白，深情若许便一定会生死相随。

如果换成她，她也会如此。

再后来，唐云深被打发去劳作，他的身体越来越差，可他的精神却有了寄托。看着唐牧朗渐渐长大，他想着，也许老天就是用这种方式，成全他和起月。

1975年，仲春。

唐云深突然全身抽搐，送到医院一查，是中毒性肺炎。医生开了药，让他回家休息。终于有了漫长的"假期"，唐云深觉得这是老天爷施舍给他的，也就格外珍惜。他偷偷在家里吃饭的桌子下面画上了琴键，吃完饭就把饭桌翻过来，轻声地教小牧朗玩弹钢琴的游戏。唐牧朗似乎特别有音乐天赋，竟然学得像模像样，这也让唐云深欣喜万分。

初秋的一天，唐云深正吃着饭，发现自己拿着汤匙的手突然抬不起来了。而后开始剧烈地气喘，完全说不出话。这时候起月和牧朗都不在家，在铺天盖地的窒息与痛楚中，唐云深索性趴在了桌上，闭上了眼睛。

不知过了多久，他稍稍缓了过来。这时，家里突然冲进来一伙人。他们揪着他的衣服把他拎起来，像破布一样扔到一边，然后开始翻箱倒柜一阵打砸。结果，有人发现唐云深在床下藏了一个木匣子，打开一看，全部是医院配给他的药。

"唐云深故意不吃药，想在家里休假！"有人大喊。

于是一堆人涌上来，对着他一番拳打脚踢。

他努力地忍受着，默默地数着数。他告诉自己必须撑下去，他不能死，如果他死了，起月就是另一个唐牧朗。唐牧朗还有他们收留，而起月，又有谁会收留她？

可那帮人根本不打算善罢甘休，那天他们就守在他家，等起月一回来，就被带走了。他们要审问她，罪名是包庇唐云深。

唐云深懊悔极了，他痛苦地自问为什么要这么自私地留在起月身边。他提起最后的力气，冲过去拉住起月，发了疯一样地打骂她。打完了又操起凳子，砸向了那帮人里一个正呵呵看热闹的。强弩之末自然是没什么威力，那帮人看笑话似的把他当皮球踢来踢去，最后扬长而去。

唐云深长长地舒了一口气，心里的石头终于落了地。他知道，自己这次是真的要跟起月分开了。他不能再连累她，无论是身体还是身份。

唐云深出走了。

张起月每天都早出晚归地找他，无论晴雪雨雾。偌大的上海滩，她恨不得把每个角落都翻过来仔细地寻上几遍。

这日艳阳高照，张起月又一早出了门。

唐牧朗已经习惯了独自一人放假在家。他翻过餐桌，仔细地回忆着唐云深曾经教过他的每一个指法，突然就听到门口有喵喵的叫声。他扶好桌子，小心地过去看，只见一只黑猫正定定地看着他，又喵地叫了一声。他把黑猫抱了进来，含糊地问道："潘朵拉？"

张起月告诉过他，他自己家曾经有一只叫潘朵拉的黑猫，是他妈妈特别宝贝的，后来潘朵拉丢了，他们找了好久都没有找到。

唐牧朗静静地看着那黑猫温驯地躺在他的臂弯里，心想：这一定就是潘朵拉。潘朵拉回来了，起月阿姨一定会很高兴；潘朵拉都回来了，那么云深叔叔也一定会回来的。

7

张起月做了一个很漫长很漫长的梦，等她醒来时，她发现，她已经是唐奶奶了，她的头发白了，脸上也都是皱纹了。而她的云深啊，她的云深还是没有回来。

她以为只要等一阵他就会回来，没想到这一等，就等了一生。

张起月靠在床头，房间里除了她的孙儿，还有她不认识的人，但哪怕不认识，她却有种很真切的感觉，这些人在她神志不清的时候，都照顾过她。

"小年。"她不知道自己还能活多久，也不知道何时又会忘了自己在等人。

小年过去牵住奶奶的手。

"奶奶跟你讲讲我的故事可好？你帮奶奶记着，记着奶奶在等一个人回来，我怕我转眼又给忘了，你帮奶奶记着好吗？

"如果他回来找我，你带他来见我，如果……我等不到那一天，你带他去我的墓地看看也好，生要见人，死至少要知道是葬在哪儿，才好下辈子再相见。"

"好。"唐小年哽咽道。

张起月静静讲述完了她的往事，她没有掉眼泪。她不糊涂的时候，已经不太会哭，因为这几十年的岁月里，她疼了太多次，已经习惯了哪怕心里思念成灾，面上也能平静无事。

她老了，已经不能再像个小姑娘似的哭了。

夏初已泪如雨下，头靠在唐小年怀里不知道该怎么办。

莫离虽然擅长控制情绪，但最后也落了泪。旁边有人递给她手帕，她接了，才想起来是谁。但眼泪往下掉，她也顾不得其他，拿手帕抹去眼泪。

而她一直在纠结的结点，张起月回答了她。

生要见人，死至少要知道是葬在哪儿，哪怕事实让人悲痛难挨。

莫离走到老人面前，把印章拿出来，小心地递过去。

看到印章的一瞬间，唐奶奶的眼睛亮了亮。愣怔了几秒后，她十分紧张地摸进自己缝在衣服里的暗袋。

还在——她松了一口气。

那，眼前这个莫非是……想到这里，她浑身一个激灵。她看了莫离一眼，见莫离点点头，便颤抖着从她手里拿过那个熟悉的印。

果然，上面的边款是"锲而不舍"，跟她那个"金石可镂"恰恰就是一对。

当年，云深的父亲得了一对"橘柚玲珑映夕阳"的黄芙蓉印石，便找了金石名家刻了一对"坐看云起"的印，把两个孩子的名字都嵌了进去。两块印石宛如双生，连底下的篆文都是一样，唯一的差别，就是边款：一枚是"锲而不舍"，一枚是"金石可镂"。

这一对印，仿佛一道谶语，点破了他俩的一生，只是当时他们都不知晓。

唐奶奶抖抖索索地摸出自己那枚，然后将它们并在一起。一滴泪掉下，刚好就落在两枚的中间——

团圆了，终于团圆了。

只不过，印是团圆了。人呢？

莫离轻声道："奶奶，我带你去见云深好吗？"

当年因为修路，土坟都被要求搬迁，有些无主或者子孙不肖的墓就这样湮没了。唐云深的墓是当年赵莫离的爷爷让人搬迁来的，在公墓最西面的一个角落里。无子无孙，连照片也没有，那块孤零零的石碑上，只有清冷冷的五个字：唐云深之墓。

张起月跌跌撞撞地靠近，在那五个字撞入眼底的那一刻，就好像遇到了时间的沙漏，将这近半个世纪的离别瞬间显现。那个一直喊着云深哥哥的起月消失了，剩下的只有一个行将就木的老太太和一个光秃秃的土馒头。

张起月伸出手，细细地摸索着那个熟悉的名字，眼前出现的竟然还是那个年轻温润、倜傥潇洒的年轻男子。她轻轻地靠在墓碑上，仿佛是靠在了他的肩头，喃喃地开始说话。

所有人都默契地走到了不远处的一棵刺柏下静静等待。

夏初轻声问唐小年："你一直知道，你跟奶奶没有血缘关系吗？"

"嗯。有没有血缘无关紧要，她是我奶奶。"

"是的！"夏初抓紧了唐小年的手，她又转头问莫离，"离离姐，你怎么会有唐爷爷的东西，还知道他葬在这里呢？"

莫离便说了自己爷爷跟唐云深的事。至于她如何知道唐云深葬在这里，是后来她在翻那个本子的时候，回忆起，儿时爷爷曾带她来扫过一次墓，爷爷说，唐云深是他的恩人，曾帮过他，事是不大，但滴水之恩当涌泉相报。

莫离那刻真的觉得，人与人之间的相遇，似偶然，却又像是必然。

唐小年跟夏初听完后，都感叹："原来还有这样的缘分。"

随后，唐小年走到蔚迟旁边。

之前来的时候，因为唐奶奶一直抓着莫离的手不放，使她无法开车，所以蔚迟也一并来了。

"老板，我一直在犹豫，要不要让你帮我'看看'奶奶的未来。我想知道，却又害怕知道。"唐小年用只有他们两个人能听到的声音说。

"最好的未来她已经替自己安排好了，不是吗？"

唐小年看着渐渐落下的夕阳，以及奶奶和墓碑的剪影，一切都显得那么宁静而祥和。

"是。"最好的未来奶奶已经替自己安排好了。

夜幕降下，一行人回程，途中唐奶奶心安地睡着了，睡前她依然在细细地翻看唐云深的本子，口中低念着写在本子末尾的一句话：我已无处可去，唯一想去的地方，却不敢回。

"云深……你那么聪明，一生几乎无过错，但这件事你做错了……你以为的为我好，并不是我想要的好。好在，我终于找到你了。"

我终于找到你了。

这句话，划过莫离心口。这也是她第一次见到蔚迟时，他说的话。

她看了眼边上在开车的人，无声地笑了下。不过他找她，只是为了问蔚蓝的事，哪怕话一模一样，里面的情绪却是完完全全不一样的。

莫离又从后视镜里看向已经睡过去的唐奶奶，夏初正抓着老人干瘦的手，莫离轻轻道："云深爷爷强迫自己心硬如铁，决绝离开，只为求得奶奶的现世安稳，即使每一秒都在担心会不会落了自以为是的下场，也毅然走上那条寂寞的路。而奶奶呢，哪怕漂泊难安，世人诽谤，甚至红颜白发，只要他在身边，便抵过三春日暖，万千温柔。如果奶奶他们生在现在该多好，就没那么多情不得已了。"

夏初问："离离姐，如果是你，你希望云深爷爷是走还是留？"

"即使相守很短，也好过孤独终老。"莫离说出心里真实的想法。

　　在开车的蔚迟握着方向盘的手，微微收紧了些。

　　因为天色已晚，唐小年没让奶奶回去养老院，而是将她留在了家里。

　　夏初跟着也下了车，"我也在这边下了，回头自己打车回家就行了。谢谢你，蔚老板，离离姐，再见！"

　　"再见。"莫离见如此一来，就只剩她跟蔚迟了，随即也说，"蔚先生，我也自己打车吧，谢谢了——"

　　蔚迟却已经开动了车。

　　莫离："……那就麻烦你了。"

　　开了一段路，蔚迟轻声问："拿生命换短暂地在一起，值得吗？"

　　本来以为会一路无话到家的莫离，听到这句话，不由讶然，她随口道："蔚先生没听过那句话吗？生命诚可贵，爱情价更高。"

　　"没有。"他是真的没有听到过。

　　莫离："……"

　　然后她又听到蔚迟说："我是少数民族，在念大学之前，我跟蔚蓝的老师是我们父亲。"

"哦。"莫离挺讶异的，他竟然会主动跟她说自己的私事。

而蔚迟说完，又有些后悔。这种反反复复的情绪，折磨得他有些头疼。

这时，车子刚好开过之前发生火灾的商厦，外立面还架着钢架修缮中。

那天的大火历历在目，莫离每次想起来都还有些后背发凉。

"你那天为什么来这里？"蔚迟突然问。

"什么？"

"为什么要来这个商厦？"

莫离听明白了，道："为了买床上用品。"

蔚迟突然踩了刹车，让莫离往前冲了冲，额头磕在了车上。蔚迟马上将车停在路旁，他皱眉道："对不起。你没事吧？"

"呃，没事，我没事，蔚先生，我不跟你说话分你神了，你好好开车吧——"

蔚迟却没动，眸色深深地看着她，"你那天，不是为了我来的？"

"为了你？"莫离觉得自己真的是跟不上蔚先生的思路，"为你买床上用品？"她笑道，"蔚先生，那时候，我对你还没……"还没明白自己对你有好感，"你放心，我那天不是为了你。就是轮休，路过，想到自己房里阿姨给我挑的床上四件套实在太花哨了，就想买套朴素的，我就进商场了，我那天一点都没想到过你。而以后，我们不碰面，我也会做到不想起你，我保证。"莫离想，她这种报答救命恩人的方式也是没谁了。

"你说的都是真的？"

还不信她？莫离指天发誓道："真的，句句属实。"

蔚迟眉头深锁地看着面前举手发誓的人。

如果说，这次的出发点不是因为他，不同于上一次，那是不是说，他的参与不是必然导致她遇到危险的原因？而是她命里注定会遭遇不测？

莫离见他拧眉深思，表情很不好，似有一点放心，但更多的似恼恨，心想不知自己又哪里惹得这位蔚先生不高兴了。

她想还是自己下去打车算了，刚要开口提，蔚迟却发动了车，之后面色沉郁地把她送到了家。

等莫离下车想道声谢，至此相安无事，江湖不见。蔚迟却低沉说道："你让我想想，让我，好好想想，该怎么做才是最好的。"

说着便离开了。莫离不明就里，又想，他想什么，做什么，又关她什么事呢？

哪想之后，事情会跟她所预想的完全背道而驰呢——

第六章
不负时光与你（下）

[06]

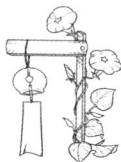

1

次日一早，莫离刚走到小区门口要打车，她要去养老院把自己的车开回来，然后看到一道很显眼的修长身影站在前方路边的香樟树下——

蔚迟身穿一件纯白色羊绒大衣，围着一条同色的围巾，正低着头在看一份报纸。

大冬天路上来来去去的人多数穿得很暗沉，他这一身白加上身高优势，就跟红绿灯似的让人忽略不了。就在莫离纳闷他在这里干吗时，对方也抬起了头，看到她后，朝她走了过来。

他走到她旁边说："我开车来了。我送你去。"

莫离惊讶完，心说：你知道我要去哪里？

"不必了。"又见他神情柔和，似乎像是……之前住院的时候，她皱眉问道，"蔚先生，你……又不清楚了？"

"没有，比任何时候都清楚。"

那这又是什么情况啊？

莫离有些无力地说："蔚先生，我们既然道不同，那就不相为谋吧，还是越少接触越好。"

蔚迟微一沉吟，说："你修什么道？我跟着你修就是。"

"……"

正好一辆空的出租车开过，莫离伸手拦住了，她朝蔚迟点了下头后上了车。

她跟司机说了地址后，又望了眼后视镜，那人还站在那儿不动。昨天刚让她指天发誓，今天又来破坏她的誓言。这都什么跟什么嘛。

本来以为蔚迟又只是一时的"不对劲"，结果两个多小时后，赵莫离回来，见他还站在之前站的那棵树下，一派自若和沉稳。

赵莫离驶近小区道闸时，蔚迟走到了她车边。她叹息一声，把车停在旁边，摇下车窗问："蔚先生，有事？"

"有事。"

蔚迟伸手搭在了车窗边，正当头的阳光铺在他身上，让莫离有些看不清他的表情。

"我想跟你在一起。你还要我吗？"

"啊？！"

他似斟酌了下，又说："我姿色不差。"

"……"那么明确地表示过对她没想法，还是当着她家人的面，直接又无情。现在又突然说喜欢她了？人都说好了伤疤忘了疼，她这伤疤还没好呢，还有点疼着呢，所以赵莫离并不信，或者说是不敢置信。

"蔚先生，开玩笑要适当。"

"你不相信？"

"是。如果没其他事，我要回家了。"赵莫离等着他把手拿开后好开走。

蔚迟从容不迫道："还有。"

赵莫离看着他，等着他说。

"你替我付的医药费我还没转给你。"

"我不急用钱，你随便什么时候转都行。"

"我没有支付宝。"蔚迟把手上拎着的一只袋子递给她。

莫离疑惑地接过，往里一看，竟然是一堆现金。她默然地把袋子放在副驾驶座上，说："好了，蔚先生，那我——"

"你不数一下吗？"

"不用，我相信蔚先生。"

"半分钟之前，你说不相信我。"

"……"

"还是当面点清吧，万一不对，以后再说就说不清了。"

赵莫离忍住深呼吸的冲动，说："少了也没关系，我不追究。"

"也有可能多了，我数得不仔细，还是麻烦赵小姐再数一遍吧，我不想亏了。"

"……"

之后，赵莫离数钱，蔚迟坐在副驾驶座上，神色泰然地望着她，眼中微微闪动。

赵莫离数到一万的时候，电话响了，是家里阿姨来催她吃饭，"离离，你怎么还没到？"

赵莫离开了免提，说："我有点事，再过半小时吧。"今天阿姨说要做鸳鸯鸡粥，一想到吃的，她恨不得自己化身为点钞机，赶紧点完去享受热腾腾的食物。

挂断电话后，赵莫离越数越郁闷，她看向旁边的人说："蔚先生，你是不是看我特不顺眼，整我呢？"他之前多给了她二十多万都若无其事的，这会儿突然变这么小气了，怎么看怎么像故意找碴儿的。

这时蔚迟伸手过来抚了下她的头发。

赵莫离呆了两秒，问："你干吗？"

"我跟你说过，你像我养的琉璃鸟，它不高兴了，我就顺它的羽毛，它便又开心了。"

赵莫离默念，他救过自己，被恩人当成宠物对待没什么大不了，"你要庆幸养的不是王八，否则我一定跟你翻脸。"

蔚迟没想到她会来这么一句，似乎想扯唇笑，但忍住了。

赵莫离也不管他怎么想，继续数钱，数到三万的时候，她有点头晕眼晕了，实在不想再数，便说："这里是三万，我拿了，余下的我不要了。蔚先生请下车吧，我要去吃饭了。"

蔚迟这次倒也干脆，"好。"但他没把余钱拿走，"没数的你也留着吧。"

"你不怕吃亏了？"

"我又想了想，吃亏是福。"

"……"

蔚迟看着赵莫离的车开进小区。他表情恢复如初，清冷得就像冬天刚融化的溪水，旁人碰一下会觉得凉。这是他天生的性子。

他很少执着什么，可一旦有，势必会去做成。如果说她命里注定会遭遇不测，那他就无时无刻守着她便是。他决心要守护的人，竭尽所有也要守护周全。

2

陆菲儿排队买咖啡的时候发现前面站着的帅哥身形不胖不瘦又挺拔，头发柔软，伸出去的手也好看，不由有点垂涎。等对方转过来的时候，她刚要搭讪，结果愣住了，"是你。"

本来要走的蔚迟看到她，停了下来，"你好。"

"好什么啊？我可听说——"

"要喝什么？"

"你要请我？"

"嗯。"

等陆菲儿不客气地点了饮料，两人走到一旁等的时候，陆菲儿说："我听离离姐家的阿姨说了，你跟我姐分手了。你请我喝东西是什么意思？看上我了？"

"没有，爱屋及乌罢了。"

陆菲儿虽然骄傲自恋，但智商还是在线的，他这是说她是乌鸦？那屋又是谁？离离姐？

"你们没分手？"

正说着，陆菲儿的手机响了，说曹操曹操到，正是赵莫离的电话。陆菲儿接起的时候，心里不由犯嘀咕：我姐不会就在附近吧？不会误会我要抢她男人吧？

"你在哪儿？又野哪里去了？"

陆菲儿左右巡视，"我在咖啡店里呢，你在哪儿呢？"

"跟谁？"赵莫离会这样问，是想知道她是不是又在乱来。因为陆菲儿的母亲前不久刚打电话给她让她帮忙看着点菲儿，至少过年期间别再惹是生非。

陆菲儿一听这语气有点冷，马上坦白从宽道："离离姐，我跟你男朋友只是巧遇，他请我喝饮料只是爱屋及乌，你别误会啊！"

"男朋友？"

陆菲儿问蔚迟："对了，你叫什么名字来着？"

"蔚迟。"蔚迟很合作。

陆菲儿对赵莫离说："蔚迟啊。"

赵莫离："……你跟他在一起？"

陆菲儿："纯属巧遇！姐你要过来找他吗？我把电话给他听？"

"用不着，我找的是你。晚上我们家办年酒，在翡翠，你有空就来。"

"哦对，你家阿姨好像跟我说过，你们年前就办酒了，我会来的。"

"好。"

赵莫离先挂了电话，陆菲儿问蔚迟："你们到底有没有分手啊？"

蔚迟终于拿到了他的红茶拿铁，他拆了包红糖加进去，慢悠悠地搅拌，"有。"

"……"

赵莫离这边挂断电话才发现自己忘记跟陆菲儿说明蔚迟不是她男朋友了。

她实在是想不通蔚迟到底在搞什么名堂，自从那天他对她说要跟她在一起开始，她就一直在想。

越想不通越烦躁，而这直接导致了晚上她在饭桌上喝多了。

有人端着酒杯走到她身边说："莫离，我看你挺能喝的，跟我喝两杯？"

赵莫离见是她爸战友的儿子高霖，她爸最中意的女婿人选，开席前两人打过招呼。

"行啊。"

马上有人给高霖腾出了位子。

"在医院上班还行吧？累吗？"

"就那样。你呢？接手你爸的公司了？"

"还早着呢，再磨砺十年不知道行不行。"

"你太瞧轻自己了吧。我听我爸说，你可是又聪明又能干的。"

"哈哈，那是赵叔叔过奖了。"

两人边喝边聊，边上不少人都看向他们，眼中都有些看一对的意味了。另一桌上，有人跟赵红卫说："赵总，看来你家办喜事不远咯。"

赵红卫爽朗一笑，说："承你吉言了。"说着顿了下，"但我这个女儿啊，从小就有主见，现在大了，我是更管不了她了，随她去吧。"

坐在赵莫离边上的陆菲儿一直在观察她姐的表情——完全没有失恋的失落，想来阿姨说她伤心不过是老人的小题大做罢了。

在高霖走开后，陆菲儿就凑过去跟赵莫离说："离离姐，你果然是我陆菲儿的姐，一颗老心脏杠杠的。失恋算什么？恋爱就跟买包一样，喜欢就买来用，不喜欢就换咯，对不对？全世界每年都有大批新货上市，你有貌，你爸有钱，怎么着都不用愁没包用是吧？"

赵莫离推开她说："乖哈，别找抽啊。"

"姐，我说真的呢，我认识的人里，我只承认你比我长得好看。"

赵莫离摸着又凑上来的陆菲儿的脸说："你今天遇到蔚迟了？"

"偶遇！我就是看到他，忍不住想给你出口气嘛。"

"出什么气？"

"他不是……那啥，据说让你不高兴了嘛。"

莫离已经有些微醺，她"呵"地笑了一声，"我是不太高兴，但你也别去找他麻烦，他不是你能逗得了的那种人，你得不了便宜，听到了吗？"

"哦。"菲儿琢磨不出她姐话里的意味，是担心她吃亏呢，还是担心那个蔚迟吃亏啊？

赵莫离最后是真喝晕了，饭局没结束就去厕所吐了一回。赵红卫看不过去，叫阿姨把人先带回去，高霖主动提出送她们。

高霖扶着莫离走出包厢，赵莫离念念有词道："想不出，实在是想不出，有种高考碰到高分大题解不出的感觉……"

高霖好笑地看着她，随后打电话叫了家里司机把车开到酒店门口。

陆菲儿跟在后面说："帅哥，我家跟离离姐住同一个小区，你也一道把我送回去了吧？"

"没问题。"

走到大堂的时候，陆菲儿突然停住了脚步。阿姨也因为看到了谁而低叫了声："哎呀，他怎么来了呢？"

蔚迟从沙发上站起来，朝他们走了过来。他步履不快，然而一身黑色在金碧辉煌的厅内显得有些凌厉迫人。

等他走到离赵莫离还有两米处，他站定了。赵莫离也看到了眼前的人，依稀认出来是谁。

蔚迟放柔声音问道："你要不要来我身边，莫离？"

高霖问："你是谁？"

然而还没等蔚迟回答，赵莫离已经抽出被高霖挽着的手朝蔚迟走去，然后在众目睽睽之下，直接把人给抱住了。

"我一定要把你解开不可。"她当年怎么说也算是学霸。

解开？解衣服？阿姨着急地要去拉她，然而赵莫离却不让她碰。

蔚迟半搂着赵莫离离开前，也对阿姨和陆菲儿说了声："走吧。"

"等等。"高霖伸手拦住他，"先生，不麻烦你了，还是我来吧，我答应莫离她爸爸把她安全送到家，不能食言。"

蔚迟微垂头看了眼怀里的人，清清淡淡地说："她抱着我，我也没办法。"

阿姨无能为力地低语："可不是吗？这又是投怀送抱又是上下其手的，要是再倒回五十年，我家离离多半得嫁给他了。"

陆菲儿自认万草丛中过，见过的男人如过江之鲫，还真没见过像蔚迟这样的——一脸道貌岸然地占便宜的。

"小高，要不我们让蔚先生送了，你自己忙去吧，谢谢你了啊。"阿姨见这样站着也不是办法，人来人往的让别人看了自家姑娘的笑话去。

都这样了，高霖虽有不甘却也只能答应。

等蔚迟开车将她们送到赵家门口，陆菲儿刚要跟阿姨下车去扶前座的莫离，却见蔚迟从衣袋里拿出一个素净的红包，执起赵莫离的手，放进了她手里。

莫离这时候半睡半醒，手里多了东西就抓住了，而她感觉面前有人，便靠近想看清是谁。

车外路灯的光照进车里，陆菲儿就见她姐喝醉的脸被照得粉若桃花，而面如冠玉的男子摸了下她姐的头，低语道："望你天长日久，万事如意。"

陆菲儿只觉得这画面美好得让她这个一向不信爱情只信激

情的人都忍不住有点心驰神往了，还是边上阿姨拉了拉她，她才回神。

赵莫离隔天醒来，只觉得头疼乏力，但她还记得今天她轮班，不得不挣扎着爬起来去洗漱，等洗漱完发现床头柜上的手机边有个红包，她疑惑地打开，就倒出了一串由红绳串着的八枚铜钱。

"……"她模模糊糊地想起些片段，她记得自己跟亲朋好友敬酒，还跟高霖聊了好一会儿，最后他说要送她们……

她揉着太阳穴下楼问阿姨："这红包是谁给我的？高霖？"

阿姨把煮好的解酒汤端给她后，终于把憋了一晚上的话全倾吐了出来："不是，是你带回家来住过两天的那个蔚先生。昨晚上啊，也是他送我们回来的。你在酒店里一见到他就抱着他不撒手，还摸人家的脸，还要解人家衣服，我要拉你，你还生气。离离啊，你是跟他，又在一起了吗？"

"……没。"赵莫离以为那是梦，原来是真的。

酒这东西果然是小酌怡情，大饮坏事啊。她一脸痛苦地捂住了脸。

"除此之外，还有别的什么事吗？"赵莫离一副哀莫大于心死，死猪不怕开水烫地再问。

"哦，那个蔚先生送你红包的时候，还祝你万事如意。"

"……"

"话说回来，这个蔚先生也是真奇怪，随你又抱又摸的不说，又送你压岁钱，我看着怎么就觉得……但他不是不喜欢你吗？"阿姨实在怕从小看着长大的姑娘再伤心。

赵莫离叹了一声道："阿姨，谢谢你的提醒。"

3

中午，值了半天班的赵莫离约同事去医院附近一家新开的海鲜火锅店尝鲜。

两人正要穿过紫藤花盘绕的廊道去停车场，眼下这边已经没有层层叠叠的紫花，只剩下光秃秃的藤蔓枝丫，把阳光划分成碎片，斑斑点点落在下面的石板路上以及经过的人身上。

"赵医生，这不是你家蔚迟吗？我突然想起来，很早之前，在这边拉住过你跟你说话的人，就是他吧。"

赵莫离苦笑，"王姐，你记性真好。"

王姐说："哪儿好了，我这才想起来呢。"

等蔚迟走过来，朝赵莫离的同事微颔首，才看向赵莫离道："你昨天说今天要跟我吃饭，所以我来了。"

赵莫离诚挚地说："昨天我喝醉了，不记得自己说过什么了。"

蔚迟淡淡然道："也是，但可以去查酒店监控。"

赵莫离想起阿姨早上说的"你在酒店里一见到他就抱着他不撒手，还摸人家的脸"，她笑道："蔚先生，即使我真说了什么，醉话不能当真。"

"我当真了。"

王姐心道，这是闹别扭了？可帅哥脸上又是带着点笑的，她推了推赵莫离的肩膀说："那你们小两口去吃吧，我去食堂了。"

不是小两口好吗？赵莫离郁闷。

看蔚迟的样子，这顿饭不兑现还不行了。

不得不说，赵莫离的直觉挺准。蔚迟虽性情淡然，但也有强势的一面，只是他习惯了不露声色，所以强势也依然是有条不紊的。

"走吧。"

"蔚先生，我给你钱行吗？你自己去吃。"

"你觉得你值多少钱？"

自尊心很强的赵莫离无言以对。

两人走进餐厅时，蔚迟微微挑了下眉。

而当他们由服务员领到桌前待坐下的时候，有人走过来拍了下蔚迟的肩膀说："你怎么来了？"说话的人正是卢飞。

而这家店正是卢飞投资的新店，因为新开张，所以这几天他这个老板都在店里坐镇。

"来吃饭。"

"你不是海鲜过敏吗？我店开张那天叫你你都没来。"

赵莫离扭过头来，卢飞也总算看清了刚走在蔚迟前面的人是谁了。

"哎呀你好，美女，又见面了。"

"你好。"赵莫离转而问蔚迟，"你不能吃海鲜？"

"不能。"

"你之前还跟我去吃日料了，怎么都不说？"

"那天的田园寿司卷还不错。"

赵莫离："……"

"我们这儿也有牛排。"卢飞又拍了拍比他高出小半个头的蔚迟说，"我说什么来着，你们俩看着就挺配，果然不出我所料，在一起了？"说着招呼他们坐下。

赵莫离就不明白了，怎么周围的人都觉得他们是一对？她跟韩镜出双入对时怎么就没人说？！

赵莫离坐下后刚想回答说不是，从她眼前走过的一道身影引起了她的注意。

经过的女子一身素色衣装，左脸上从眼角到下颌有一条细长的已经被岁月淡去很多的伤疤。

卢飞对蔚迟说："这顿算我的，我就不打扰你们了，你有事叫服务员找我，我随传随到。"

蔚迟道了声谢。

赵莫离没听清卢飞说了什么，见他要走，便点了下头。她一直看着那女的走到一张有人在等的桌位前落座，她拿出手机给韩镜打去了电话，"我看到秋水了。"

韩镜："在哪儿，我过来。"

"镜哥哥啊，你不用这么步步紧逼吧？"

"地址。"

赵莫离说了地址。

等她挂断电话，对上蔚迟的视线，才回想起刚才自己打趣韩镜时习惯性说出的娇滴滴的语气，有些尴尬地说："见笑了，跟朋友闹着玩习惯了。"

蔚迟："嗯，挺好听的。"

"……"

赵莫离不知道该跟面前的人说什么话，就时不时地看看韩秋水。

"她是谁？"

赵莫离迟疑了下说："韩镜的心上人。"

韩镜来得很快，不过韩秋水已经先一步跟人离开了。他面露失落，刚要追出去，又从衣袋里掏出了两张票扔在桌上，说："晚会的入场券，今晚的，我没空去。"

赵莫离刚想说她也没兴趣，韩镜又丢了句"他们有请米其林大厨"就火急火燎地走了。

赵莫离刚要拿票，有只白净而骨节分明的手伸过来先行拿去了一张。

"见者有份。"

"……"莫离叹道，"蔚先生。"

"嗯？"蔚迟回视她，浅浅一笑。

"你什么时候变得这么无赖了？"

从来没有人说过他"无赖"。

有人说他冷情，有人说他公允，有人说他聪明，有人说他无趣，没有人说过他不讲道理。

"我只是想陪在你的身边。"从一份牵念到难以割舍，至此再也无法放下。

"……"赵莫离低头笑了下，觉得自己挺没用的。

另一头，韩镜跑到外面，没发现韩秋水的身影，刚泄气地要回车上，就看到她从前面的一家精品店出来，边打电话边伸手打车。

韩镜朝她走去。

她喜欢他的时候，他不喜欢她，不喜欢是真的。如果用心理学去解释当年年轻的自己，那就是"情感缺失"。她走后，他才开始怀念，后来怀念变成了缺憾，在心里兜兜转转了十年，这十年里，他认识了很多人，经历了很多事，有开心、有惋惜，但都没有在心里留下很深的印记。

他的老师曾问他，最难忘怀的一件事是什么？

他说，那时候他还没到二十岁，轻狂自大，跟人打架，她冲出来护他，她的脸被划开了一道长长的口子，满脸是血，她也不哭。他抱她去医院时，她问他："韩镜，你心疼吗？"

他担心、着急。

"你觉得抱歉，但不心疼。"

"秋水。"

韩秋水回头看到韩镜，伸着打车的手放了下来。

"之前送你的画，你不喜欢？"他看到退回到办公室里的画，虽然不意外，却很无奈。

韩秋水淡淡道："名家的画，太贵重了，你还是送别人吧。"

"我没别人要送。"韩镜不急不躁道，"那先放我那儿吧。这次回来，你打算一直住酒店？妈很想你。"

韩秋水一直微低着头，"我也挺想阿姨的。过两天，我会去看她，还有韩叔。"

"过两天是什么时候？明晚跨年夜，回来吃饭吧。"

韩秋水轻笑道："韩镜，阿姨不会希望我回去陪她过年的，你们一家人好好过吧。我晚两天再去给他们拜年，哦，我会带男友过去……他初一飞过来，阿姨看到我终于找到归宿应该会挺高兴。"

韩镜看着面前纤瘦的人。

她出现在他生命里时，刚满十六岁。她是他姑妈收养的女儿，他姑妈一生未嫁人，后来因病离世，秋水便到了他们家。她简单，固执，又聪明，十九岁那年她被美国的一所大学录取，拿着奖学金去了外面读书。

十年间，除了隔段时间打来一通电话跟他父母问安，逢年过节寄一些礼物回来之外，她自己不曾回来过。

他倒是去美国找过她几次，但她不是避而不见，就是有事匆匆离开。

韩镜想到她十年未回，一回来就要带男朋友回家，就忍不住笑了，他想，以前的白兔子知道怎么用爪子伤他了。

如果此刻她再问他："韩镜，你心疼吗？"

他会毫不犹豫地跟她说：是。

4

夜幕降临，赵莫离看着手上的邀请函想着——吃，必然是要吃的。至于人，八成还是会见到的。如果今晚见到，她要彻彻底底地向他问清楚，说清楚。态度变来变去到底是几个意思？

等她来到举办晚会的会所，就见蔚迟站在大门边上，一套笔挺的浅灰色西装，松软清爽的黑发打了点啫喱，刘海梳理在了后面，露出光洁的额头，五官更显深邃，玉树临风。

赵莫离低头看自己——穿的就是平时的衣服，好在大衣是新买的，也算得体大方。

她知道他在等自己，她走过去，一时不知道该说什么，既不想自己太亲切，又不想太刻薄，就客套地说："蔚先生，衣服不错。"

"嗯，为悦己者容。"

"……"赵莫离咳了一声，云淡风轻地说，"进去吧。"

后来韩镜分析她这个阶段的状态，说：如果你不想理他，你赵莫离会没办法躲开吗？你不避他，被人甩了也不声嘶力竭地吼

人家，是不舍得还是怎么地？甚至还任由他牵着你的鼻子走，你
是这么好掌控的人？你说这是"冷落"？我说调情还差不多。

此刻，"调情"的两人一进到灯火明亮的场内，赵莫离刚拿
起一杯饮料，就看到了认识的人。

"大堂哥。"

衣装笔挺的男子回头，意外道："离离，你也来了啊？！"

"韩镜给我的邀请函。"

"哦。"大堂哥看向蔚迟问，"这位是？"

赵莫离说了蔚迟的名字，大堂哥没听她说是她什么人，只当
是泛泛之交的朋友，便拉着赵莫离说："走，带你去认识几个
人，都是青年才俊。"

赵莫离笑容可掬道："你就别管我了，我就是来吃的。"

"都几岁的人了，别光只想着吃。"

"你说话的语气真是越来越像我爸了。"赵莫离对应酬是真
不喜欢。

此时，旁边的蔚迟不慌不忙道："她想吃就让她吃吧，何必
勉强她。"

见多了大场面和大人物的大堂哥对上神态沉静的蔚迟，一时
竟觉得有些不容反驳。

前方有人叫了声"赵洋"，大堂哥便放了手对赵莫离说：

"那行，你自己玩吧。"

等大堂哥一走，蔚迟便把手上拿着的一小盘点心递给赵莫离。

但后者在想，这蔚先生怎么有种"辟邪符"的感觉，之前狗看到他就跑了，大堂哥也没多烦她就走了。

蔚迟见她不动，说："我喂你？"

"蔚先生，你又把我当成你的宠物鸟了？"

"没有。其实很多时候，我是看着你，会想到它。它爱跟着我，也很听话。"说到最后，语气里似乎带了点可惜。

什么意思？嫌我不听话？

此刻他们背后觥筹交错。赵莫离看着面前的人，想到这段时间发生的事，她想，在吃东西前，不如先把要问的事问明白了，好过牵肠挂肚、食而不能尽兴。

赵莫离："蔚先生，因为你总是出尔反尔，让我不知道该信你哪句话。"

"是我不对。"

这认错态度，让赵莫离都有点无法硬气起来了，"……一开始，你讨厌我。后来，又跟踪我。我对你心动时，想跟所有人说，我终于找到了我一直想找的人，你又拒绝了我。而没多久，你又跑来跟我说，想跟我在一起。为什么？你觉得我过得很无

251

聊，所以想让我的生活增加点戏剧性吗？"

蔚迟一直看着她，温声道："我没有讨厌你。我跟踪你，是担心你出事。拒绝你，是怕自己连累你。我想跟你在一起，是我心存侥幸未来你不会再因我而受到伤害，而我能护你周全。"

一句又一句的坦白让赵莫离心口止不住怦然而动，但又疑惑重重，她想起火灾前几天他一直跟着自己，"为什么你会觉得我会出事？为什么你会连累我？"

蔚迟没有避讳，"因为，我有一台相机……通过它，可以看到未来的一些画面。"

"……"

赵莫离虽然觉得蔚迟可能会对她有所欺瞒，但他绝对不是会胡编乱造的人，但是这种话又实在太让人难以置信。她只能干笑两声，想说这怎么可能呢？又不是在拍科幻电影。但她想起自己几次涉险，他都出现帮了自己，以及，她对蔚迟品行的判断，让她不禁半信半疑起来。

"我之前找你拍过照，你是用那台相机拍的吗？"

"是。"

"我的未来是怎么样的？"

"你的未来里有我。"

"……"这话怎么那么像网上那句"我掐指一算，你命里缺我"呢？

　　这时，厅内的灯光被关闭，只剩下远处舞台上的灯亮着，有
人上去开始主持活动，周围响起掌声。赵莫离他们离那边远，周
围幽暗得都有些看不清人的脸了。她下意识贴近蔚迟，便闻到了
他身上的清淡香甜味，她觉得很好闻，忍不住嗅了下，然后就听
到他低不可闻地叹了一声，随后赵莫离感到自己下巴被微微抬
起，嘴唇被触碰。

　　蔚迟在吻她？！

　　他吻得很浅，也很快离开。

　　等灯光亮起，赵莫离对上蔚迟的双眼，不知那里面流露出的
是不是就是人们常说的含情脉脉。

　　"蔚先生，你是真的……喜欢我？"

　　"是。我蔚迟，喜欢你，赵莫离。"

　　赵莫离盯着蔚迟看了一会儿，笑了，说："蔚先生，你好像
一点都不担心我会拒绝你。是因为你看到的未来里我接受了你
吗？任何人的未来你都能看到吗？"

　　"都能，但我看得很少。"

　　"为什么？"

"不想参与过多。"她相信他的话，蔚迟忍不住想伸手抚触她的脸，他想，这大概就是所谓的情难自禁吧，"暂时的改善对于长远来说，未必是好事。"

赵莫离心说，亏得自己心态好，被人这么看着，这么摸着，还能淡定说话，"是吗？但我觉得好的事情对未来的影响总是积极多过消极的。"

"我也希望如此。"蔚迟越发深邃的眸子望着她。

赵莫离被看得终于有些心慌意乱了，但还是故作一派镇定，"你的相机哪里来的？"

"我父亲留下来的，至于我父亲从哪里得来，他没有说。他生前一直不允许我们用这台相机……因为他改变了我母亲的未来，却并没有得到想要的结果。他临走前把相机给了我跟蔚蓝，说有些事该不该做自己定夺。我对它兴趣不大，蔚蓝爱玩，便带着它到了这里。"蔚迟没有一点隐瞒地说道。

他说完想起一件事，自己病好离开她家的隔天，他又去"看"了她的未来。里面有个画面，好像就是发生在杯光斛影的今晚。

——"赵小姐，你好。"

赵莫离看向来人，并不认识，但还是随和地回握了对方伸出来的手，"你好，你是？"

"我是你堂哥的朋友。听你堂哥说起过你好几次，今天总算见到真人了，久仰。"

蔚迟闭了下眼，拉着莫离往外走。

"怎么了？"

"我带你去吃别的。"

等两人走出大门，蔚迟想到自己的行为，摇头轻笑了出来。

外面不知何时下起了小雨，雨幕中，灯火荧荧，就如同满天的星辰都随雨落到了这尘世里。

蔚迟目光微动地望着眼前的人，"莫离，你的未来，我不会让它有意外。"

这样的表白，可真是稀奇又动人。

莫离说："蔚先生，你是真的喜欢我。"她这次说的是肯定句了。

"是，我蔚迟，很喜欢你。"蔚迟说着，再次低头亲吻了眼前的人，这次蔚先生吻得深了些，显得缱绻而缠绵，不舍又流连。

第七章
风将记忆吹成花瓣

[·07·]

1

三个月后。

韩镜走进时光照相馆。

他是路过，心情不太好，又不想一个人去办公室里待着抽烟，便停车进了照相馆。

一进去就看到蔚迟站在比他矮了些许的书架前翻一本书。

"没生意吗？这么冷清。"

蔚迟放下书问："拍照？"

"不，算命。"韩镜扫视了眼照相馆的布置，"赵莫离说，如果对'未来'很迷茫，可以找你'算命'。"

蔚迟："……"

韩镜坐到沙发上问："需要我的生辰八字吗？我报给你。"

"不用。"蔚迟泡了一杯茶给他后，坐到了边上的藤椅上，拿起茶几上摆着的相机。

韩镜有些疲惫地抹了把脸，"我问姻缘。"

蔚迟将镜头对着韩镜，按下了快门。

——春末夏初的一天。

韩镜去秋水的工作室把人接了出来吃午饭，吃完午饭后，两人去了附近的公园散步。

熏风杨柳，荷花池畔。

韩镜问秋水："你要嫁给我吗？"

"你这是求婚？"

韩镜见秋水没有立刻答应，只好引导利诱："你想想，嫁给我，好处很多，不是吗？你只要说对一个，我就给你奖励。"

秋水想了想，答："我们不用为孩子跟谁姓而争论？"

那么一个开放性问题，只要抓住中心思想，怎么答都是正确答案，偏偏韩秋水就是答错了。

答错了的韩秋水，还是被戴上了一枚闪亮的钻戒。

韩镜喝了口茶说："蔚先生，我并不是来拍照的。"

"我知道，你来问姻缘。"

韩镜笑道："要看我的面相吗？或者手相？"说着伸出了左手，"男左女右。"

蔚迟看了眼他的手，又看向他，说了句："傻人有傻福。"

"你这就算出来了？傻人有傻福？"韩镜不由拊掌大笑，"蔚先生，你是我有记忆以来第一个说我'傻'的人。如果是十年前，你对我说这句话，我八成会揍你。"

"你未必打得过我。"蔚迟说着，看了眼墙上的钟，"我要出门了。"

这是叫他可以走了的意思？不过韩镜也觉得自己的行为无聊，站起来说："行吧，是傻是痴都无所谓，至少结局听着是好的就行了。"

赵莫离下班跟同事们道了再见后走向医院大门，结果在快到门口时，看到了正站在路边发呆的向羽（白晓）。

"白晓。"

向羽歪头看她，随后灿烂一笑，朝她走过来。

"嗨……美女同事。"

赵莫离见白晓神情有点不同以往，称呼也换了，只当她心情好，"怎么不回家？要值班吗？"

"不想回。"向羽上下打量莫离，觉得此女子实在美好得如旁边草坪上那棵开满了粉黄色花朵的结香，亭亭玉立，淡雅大方——简言之，太像他梦中情人了，"我们关系很好吧？"

"很好的饭友。"赵莫离精辟地总结。

"是吗？"向羽说着搂住了莫离的腰，但因为赵莫离高了她十厘米，所以看起来有些不伦不类，"那今天，我去你家吃饭？"

赵莫离有趣地看着向羽的举动，"可以。"虽然对眼下的情况有点摸不着头脑，但是她一向随遇而安，"我高点，还是我搂你吧？"

大丈夫能屈能伸，"也行。"说着愉悦地贴近她说，"你皮肤真好。"

"谢谢。"

"用的什么化妆品啊？"

"我用得挺杂的，同事朋友推荐什么好用就用用看。"

"我能摸摸看吗？"

"随意。"

向羽伸手摸了一把，"真滑啊。还有，你身上好香，喷香水了？"

赵莫离看着都要吻上她脖子的人，笑道："没喷。医生上班是不能用香水的，你也是医生，你不知道吗？"

"……我当然知道，我就是夸你香呢。"向羽又伸手摸了她的肩膀，"你这衣服料子真舒服。"

"莫离。"此刻大门外面，从车上下来的蔚迟轻喊了她一声。

向羽问："他是你老公？"

赵莫离望着蔚迟笑道："未来的。"

向羽觉得这男的虽然一点都不凶，但对上他那双冷沉的眼睛后，却有些不敢再乱来。

"算了，我不去你家吃饭了，不过，我有个小小的梦想，你能帮实现下吗？"

"哦？你说说看。"

"我们是好朋友对吧？"

赵莫离含着笑点头。

之后向羽踮起脚用迅雷不及掩耳之势吻了下赵莫离的脸后，丢下一句"圆满了！你走吧，我不夺人所好"就跑了。

赵莫离还是第一次被女人亲，感觉……真是新鲜。

"莫离。"似未变，又似有些不同的语调。

"嗯嗯，来了。"

等赵莫离上了车，就听到蔚先生波澜不惊地说："你看起来挺高兴。"

她侧身观察蔚迟的表情，笑吟吟地问："蔚先生是吃醋了吗？"

"是。"蔚迟很坦诚地承认，"虽然那个人，对于我来说没有任何的威胁力。"

又直接又孤高的蔚先生啊，赵莫离心想，好想给身边的人发喜糖。

2

赵莫离的车子被人撞了，要在4S店留一周，所以连着几天，蔚迟都当了她的司机。

本来上下班看到他已是习以为常，然而不到下午三点就看到，不免有些意外。

赵莫离刚从门诊楼里过来住院部，在她经过一间病房门口时，就看到唐小年靠在房门口，嚼着口香糖看着房里的一群小孩，以及房对面，坐在走廊椅子上的蔚迟。

赵莫离走上去就问："你们怎么在这里？"顺着唐小年的视线往病房里看。

蔚迟走到了赵莫离边上，"今天很忙？"

"嗯，有点。"赵莫离很机敏，她望着病房里被很多孩子围着笑得很开心的八岁小男孩说，"小风一直住在医院里，没什么朋友。"这孩子很乖，也很惹人心疼，因为几乎常年住院，没有朋友。他爸爸做生意很忙，很少过来看他，而他妈妈也总是心事重重的样子，加上不是能说会道的人，除了问孩子饿不饿、难受不难受之外，也很少跟他聊天，所以这孩子总是闷闷不乐。她会跟一些医护人员时不时过来跟他说说话，送他些小礼物，他会高兴，但远没现在那么开心。

她想到蔚迟一向无事不登三宝殿，"蔚先生，这些孩子……不会是你带来的吧？"

这时唐小年走过来主动解释说："赵医生，你好。怎么说呢，老板让我给这孩子找些朋友来。我就在网上发了条微博，说了下他的情况。"

"就有这种效果？"赵莫离觉得不可思议。

唐小年："哦，蔚老板还花了点钱让我找人营销了下。"

"……"真是简单粗暴的办法。

"结果还被媒体报道出去了，这也是出乎意料的。"唐小年说，"今天过来看情况，果然，挺好的。"

赵莫离看着房里有穿成蜘蛛侠的小朋友在陪小风玩，想起他说他很喜欢那些英雄，什么蜘蛛侠、超人之类的。

"你怎么——"她想问蔚迟怎么知道的？又为什么要这么做？

"前天等你时，看到他，他跟我'说'的。"蔚迟说。以前他很少把那台相机拿出照相馆，现在却经常带在身边了。

而这个小孩喜欢英雄，是因为英雄被所有人记住，被小朋友崇拜。

当他看到电视上有人死后捐掉自己的器官被人喜欢和钦佩后，他也让他母亲将来把他所有可以捐的器官都捐了。

后来，很多人看到他的报道心疼他也佩服他，来探视他的母亲，捐款，致敬，也有学生来送花，那些孩子觉得他了不起。他母亲说，如果他还活着，知道有那么多人愿意跟他做朋友，喜欢他，他一定很高兴——这是他从他母亲身上看到的未来。

路过的医生护士看到那个每天病恹恹的孩子兴奋又雀跃的样子，都会停下来朝他说一句："小风，今天那么高兴啊。"

"是啊！我有好多好朋友了！"

没人知道这是门口那个嚼口香糖的高挑少年和穿白衬衫的男子促成的。

而这期间赵莫离也被同事们大同小异地打趣："赵医生，蔚先生今天这么早来接你啊？"

她毫无压力地一一点头。

赵莫离还有工作，不能久留，所以没站多久，她说："我要去忙了，你们——"

蔚迟回："我回照相馆。晚点来接你。"

"好。"莫离又小声对蔚迟跟唐小年说，"虽然我不是小风的亲人，但还是想说一句，谢谢你们了。"

唐小年道："不用。"这事做得他自己也挺舒心满足的。

等赵莫离一走，唐小年就跟蔚迟说："老板，如果这事不是发生在赵医生的医院，你大概就不来看'效果'了吧？"

蔚迟："自然。"

唐小年对这么肯定的答案一点都不意外。他看着先行往楼梯走去的蔚迟，断然道："但你还是会帮吧。"

是，他还是会这么做。

把这个孩子该经历到而没能经历到的提前，哪怕结局无法改变。

就好比唐云深和张起月——

唐的东西，本是在抽屉的底板下方，赵家老宅拆迁才被赵莫离发现，那时，张已经离世。

他把东西找出来，放在了她能发现的地方。

老人的结局是不变的合葬，改变的只是一点人的心境。

但蔚迟依然无法断定，这样做是否正确。

走出住院部后，唐小年双手插裤袋走到蔚迟身边又问："老板，我觉得我们照相馆，叫命运照相馆更合适。你看别人的未来，然后去改变他们的命运。"

唐小年的视线从对面走来的人脸上一一扫过，"虽然有些命运，怎么努力也无法改变，但即便如此，中间的过程也是有意义的。我现在很庆幸，之前我没有放弃。"

蔚迟看到跟同事说笑着走进一幢楼里的白晓。

"那就好。"

走出医院门口时，蔚迟就看到了从公交车上下来的夏初，唐小年难得带着点不好意思地说："老板，我不跟你回照相馆了。"

蔚迟无所谓地"嗯"了声。

唐小年快步走到夏初身边，说："不是说好了，我去找你吗？"

夏初巧笑嫣兮道："我想早点见你嘛。"

她说着，朝蔚迟摇了下手，"蔚老板，再见。"

蔚迟点了下头。

夏初拉着唐小年上了公交车坐下后，便习惯地靠在了他肩膀上。车子开动后，她看了会儿窗外层层叠叠、深深浅浅的黄和绿，又回头看身边的人。

正好有阳光照在他的脸上，夏初想起很久之前，他帮她修车的那一天，他蹲在她车前，阳光透过树的枝叶落在他身上，她多想回到那个时候，一分一秒都不浪费地跟他说："小年啊，我们现在就在一起吧。"

夏初伸出手要碰他的睫毛，"小年啊，你的睫毛真长，像两把小扇子。"

唐小年抓住她的手，说："别动手动脚的。"

"可是我好喜欢你，所以总忍不住想碰碰你。"

唐小年说了声"好"后，直接靠过来亲了下她的额头。

夏初瞬间满脸通红，眼中熠熠生辉，"你，在公交车上呢，你注意点形象。"接着又极小声地补充，"等会儿我要找个没人的地方没有形象地亲回来。"

唐小年纵容地说："随你高兴。"

夏初笑吟吟道："你真好。"

外面风轻日暖，你在身边，这样的时光，哪怕只是看到一只蚂蚁经过，她都觉得珍贵而快乐。

3

又三个月后的夏日午后，热气蒸腾，街边行人稀少，但两旁的法国梧桐繁茂葱郁，伸展的枝叶形成一个天然的顶盖，倒是隔绝出了一方相对清凉的净土。

一个身穿墨绿色裙子的年轻女子走到了临近街尾处的照相馆，她眉眼带笑，手上拎着一只笼子，笼子里有只翠蓝色的鸟。

在打扫卫生的向姐看着她问："要拍照吗？老板出去了。"

"不拍照。"女子心道，事实上，这店还是我开的，"我找老板……叙旧。我等他，你忙吧。"

向姐便不再理她，女子则将鸟笼放在了茶几上后，自在地四处打量。

蔚迟进门时，便听到了一声鸟鸣声，随后他看到了笼子里的琉璃鸟，以及坐在沙发里正在剥橘子吃的蔚蓝。

蔚蓝笑容粲然，"我的偶像大人，好久不见，我来给你送小花。"

向姐看时间差不多了，跟蔚迟说："老板，没事我先下班了。"

"好。"

等向姐离开，蔚迟走到藤椅边坐下，打开了鸟笼，小花飞了出来，停在书架上。他这才看向蔚蓝说："送完了，就回去吧。"

蔚蓝当没听到，看着他手上拿着的相机，说："他说要带我去雪山上看日出，去听音乐会，看烟花，牵着我的手逛街，买给我我想要的每一样东西。可它却告诉我，这些不过是他不靠谱的甜言蜜语，我当时，真的差一点就想把这相机扔下山崖了……"结果她还没丢它，它却自己不见了，她当时真觉得这相机里是不是有灵魂之类的东西。蔚蓝笑了下，又说，"你找到我的时候，跟我说情爱不过是过眼云烟的东西，训我没用。没想到，如今你自己却深陷了进去。"

　　蔚迟看了她一眼。

　　蔚蓝声音小了点，"你可以说我，我就不能说说你吗？"

　　"不能。"

　　兄长不可侵犯的威仪还真是一点都没减，"那我讲莫离的事，你要听吗？"

　　蔚迟没答。

　　能在哥哥面前占一回上风，着实不易，蔚蓝心情颇好地说："我当时遇到莫离，看到她的未来，好多都是跟你在一起的画面，惊讶得不行，我就忍不住想多了解她，于是跟她聊了一路。但我知道，不管你有没有看到她的未来，都会避免她出意外，而你则会回到家乡，然而你却一直没有回。当我知道一向不喜欢大城市的你确定要留在这里时，那感觉就好比，看到一个最最乖的小孩，做了一件最最出格的事情，简直让人大跌眼镜。"

"我依然是我。曾经我只想把该做的事情做好，现在同样是，不同的是，要做的事变了而已。"蔚迟温声说道，"蔚蓝，我在这里很好。"

"嗯，我知道。"蔚蓝微笑着说，"在火车上时，我曾看到过一幕，你有麻烦，具体是什么，我没看清，但莫离为你，也是不顾生死的。当然，你也是如此，没有让她丧生在火灾里。我相信，以后你们也都能化险为夷。所以，我来是给你送小花，而不是劝你回去。我乖不乖？"她没有说的是，自己大半时间也并不在家乡，而是在世界各地地走——拍照，也写书，接下来她打算去敦煌。

蔚迟伸手摸了下妹妹的头，说："你也别太野了。"

她哥哥是能用眼睛看见未来了吗？蔚蓝笑而不语，又说："哥，你以后打算一直拍照吗？"她总觉得这样有点浪费了她哥哥的聪明才智。

"还有什么是比改变别人的人生，更有难度的事？"

蔚蓝看着她哥，又看了看摆在茶几上的相机——连着红色的绳子。

"也是，没有比这更难的事了。"

蔚蓝因为有别的安排，没有久留，所以没能跟正在外出差的赵莫离碰上面。

赵莫离去外市参加了两天研讨会，回来时正是晚霞满天时，暑气已经散去，阵阵凉风吹来，带着八月的桂花香。

她停好车，朝照相馆走，然后她就看到了从照相馆走出来的蔚迟。她走近他说："怎么了？看着我不说话，两天不见就不认识我了？"

蔚迟目光轻柔似水，轻轻漾着。

"蒙你眷爱，没世难忘。"

4 番外

关于蔚先生第一次遇到莫离，按下快门时，见到的其中一段未来：

大雪后的天格外澄明，整座山上都是厚厚的白，闪得人睁不开眼。

山上原有的痕迹仿佛全然湮没，茫茫天地就只剩下苍松和白雪，偶尔从树上跌落的雪块，在噗的一声之后，再无声息。

莫离一步步艰难地沿着一条被登山者踏出来的小路往上走，他让她在山下等，可天黑了，她依然没看到他下来，左思右想之下她也上了山。

　　她终于在天黑之前找到了他，她踩着厚厚的雪向他跑过来，"蔚先生，你受伤了？！"

　　这是他第二次上山，没想到居然出了意外，一时不慎，从一处陡坡滑落，右腿被坚石划出了一条又长又深的口子。

　　他简单包扎后从山顶下来，因为失血有些头晕，不得不在半路停下休息。

　　"幸好我明智，带了急救用品。"她处理了他的伤口，随后把外套脱下来要披在他身上。

　　他想阻止，但意识渐渐薄弱，等他从那种混沌的状态里清醒过来，天已经黑下，周围一片寂静。

　　她正抱膝坐在他身边。

　　寂静无声的天地间只剩下他们两个人。

　　关于拉灯盖棉被事件：

　　莫离："蔚先生，你干吗一直看着我？"

　　蔚迟："之前看到一点……不知道该不该做的未来。"

　　莫离："不好的事？"

　　蔚迟："好事。"

　　莫离："好事为什么不做？"

　　"也是。"蔚迟浅笑，抬起她的下巴，轻轻吻住了她的嘴。

莫离心口又如小鹿乱撞，甜蜜欣喜地闭上眼。

一吻完毕，莫离眼睛璀璨地看着他，"这就是未来要做的？"

蔚迟："这是开头，后面的，先不预支了。"

莫离："……"

关于韩镜第二次被轻视智商：

莫离："他就跟我爸聊了次天而已，仅仅一次，我爸就……完全接受了他，你信吗？"

韩镜："以你爸的老谋深算和防范心，确实有点难以置信。"

莫离："前两天，我爸还让他去公司里，一上去就是做高层，我大堂哥奋斗了多少年才做到小赵总。"

韩镜："觉得他恐怖？"

"不是！厉害，太厉害了，我太佩服了。"莫离感叹完，又说，"本来我跟我爸说他有自己的工作，让他别支使他，反正大堂哥、二堂哥他们也都是有识之士，将来给他们管理就行。结果蔚先生说，他做什么无所谓。除了爱吃偏甜的食物，他好像对什么都无所谓似的，真不知道他喜欢什么。"

韩镜："他不是喜欢你吗？我好奇的是，蔚迟这样冷淡的一个人，你们性生活——"

莫离："……知道我为什么穿高领吗？这六月天里。"

韩镜："哦，我还以为是你被热傻了呢。"

蔚迟从外面回来。

韩镜："蔚先生，你未来岳父，不是让你试着管理公司吗？这阶段不应该这么空吧？"

"每个人能力不同。"蔚迟不带歧视地说，"你觉得需要花很多时间，我不用。"

韩镜："……"他语气里还真没半点歧视，而是如实说，韩镜却觉得，比明着歧视他还气人啊，"蔚先生，以后打算从商了？"

蔚迟："不，业余。"

韩镜："……"

关于蔚先生的穿衣风格和小花躺枪：

莫离："蔚先生，你好像很喜欢穿浅色衣服？"

蔚迟："曾有人跟我说合适。"

这种话多半是女的说的。莫离并不想去翻过往吃陈年老醋，便转移目标看着小花说："如果我跟小花掉进水里，你先救谁？"

“我会救你。”

还没等莫离因打败宠物而开心，就听到蔚迟语带笑意道：“小花会飞。”

“……”

蔚迟将她的手拉起，轻轻放在自己的胸口。

“我会救你，一生替你承灾，保你安泰。”

图书在版编目（CIP）数据

时光有你，记忆成花 / 顾西爵著. — 南昌 : 百花
洲文艺出版社, 2017.5（2019.1重印）
ISBN 978-7-5500-2162-4

Ⅰ. ①时… Ⅱ. ①顾… Ⅲ. ①言情小说 – 中国 – 当代
Ⅳ. ①I247.5

中国版本图书馆CIP数据核字（2017）第072461号

出 版 者	百花洲文艺出版社
社 址	江西省南昌市红谷滩世贸路898号博能中心Ⅰ期A座20楼　邮编：330038
电 话	0791-86895108（发行热线）0791-86894790（编辑热线）
网 址	http://www.bhzwy.com
E-mail	bhzwy0791@163.com

书 名	时光有你，记忆成花
作 者	顾西爵
出 版 人	姚雪雪
出 品 人	李国靖
特约监制	何亚娟　燕 兮
责任编辑	安姗姗　陈 蓉
特约策划	何亚娟
特约编辑	燕 兮　黄 悦
封面设计	小茜设计
封面绘图	度薇年
内文绘图	小石头
版式设计	王雨晨
经 销	全国新华书店
印 刷	三河市金元印装有限公司
开 本	880mm×1230mm　1/32
印 张	9.25
字 数	160 千字
版 次	2017 年 5 月第 1 版
印 次	2019 年 1 月第 5 次印刷
书 号	ISBN 978-7-5500-2162-4
定 价	32.80 元

赣版权登字：05-2017-95
版权所有，侵权必究
图书若有印装错误可向承印厂调换